U0032818

一日_如一生的愛

攝影、文字／Charles

故事背後的真實故事

凌晨時分，越是在寂靜中，情緒越是飽滿，回想我個人從開始接觸攝影到出書的過程，大概是人生始料未及卻十分美好的一趟旅程。

二〇一七年，初踏進社會不久，正值身分轉變劇烈的階段，許多事物都是青春的自己所無法想像的，光是要努力面對，就已讓人極度疲累。當時我想起的，就是自己的興趣——攝影，在過多繁華燈光特效的背景中，我拿起相機，開啟一趟找回純粹本質的旅程。

攝影有其深刻的意義與專業的定義，但對我來說，攝影，是一種訊息的傳達。

有訊息的相片，是具備層次且耐讀的，於是結合這二者，我除了開始在 Instagram 上分享相片外，也說起故事（當然，相片附上文字是另外一個值得探討的議題，但在此先不討論）。

我幸運地得到一些人的關注。回想起路途中咬著牙、扛起質疑負重前行，那些在暗夜裡給予我的鼓勵，都逐漸匯聚成遠方的一道光。

或許還未到最明朗之際，但這道光讓我有幸在二〇二一年初獲邀舉辦攝影展；這道光也帶來了這本書的誕生。

這道光，是陪我一起走到這裡的讀者們 —— 你們才是耀眼的生命體，而我只是反射你們的光。

開始創作《一日如一生的愛》前不久，我才剛經歷一段情感的重大變化。想起十年分的記憶，看似許久，回憶也深長，但回想的過程卻只恍若一日的光景。

於是，我決定用一日的時序推移，代表人一生情感的變化：由日出到日落，黑夜再到黎明，以象徵不同情感；有如朝陽初綻放的青澀、如正午熱烈的愛戀，或夜晚深沉的情緒。

本書分為七章、十五篇故事和八篇短文，每篇皆可單獨閱讀。我想，不論你處於愛情的哪個時期，都能在本書找到陪伴你、給予你共鳴和力量的故事，這也是我對自己最深的期許。

但只要細讀，應能發現每章的某些故事可串連起來，與〈序幕〉和〈終幕〉呼應，描寫出主角一生的愛戀，涵蓋青春直到生命終點。

橫跨數十年維度的這個故事得以完成，必須好好感謝生命中所有的「有緣之人」，無論只是擦肩，或是深交，還有家人，都因為有你們，我的生命才得以豐富，才得以讓我有寫完這本書的養分。

　　致我想感謝的人：如果你有機會拾起本書，如果我和你之間還有這樣的緣分，我想你會知道的吧。

　　這是我為你寫的一本書。

序幕

我坐在海邊，眼前的天空被染上了綺麗的淡淡粉紫色。坐在帳篷前，手顫抖地拿著鋼杯，裡頭飄來淡淡茶香，熱氣氤氳，隨著海風吹來，消散於空中。

　　看看手表，清晨五點五十分。又過了一次。從前一天日正當空、晴朗無雲的海，到午後和煦的海風；從夕彩接力而上，金光灑落大地，到藍調天幕遮蓋，最後輾轉為黑夜。直到度過深沉的黑，再次來到五顏六色的晨曦。

　　我翻開筆記本，在行事曆上的今天畫了個圈；每年十一月的第四天，都被畫了圈。
　　在小小的電子儀器就能幫人們記錄生活所有重要事項的現代，孩子們一直要我放棄用筆記本記事，說著新科技只要如何使用，就會讓生活更便利。
　　可我的餘生已經太長，不再需要為一分鐘斤斤計較。接下來的每一秒鐘，我都只為度過而前進——走過生命剩下的每一個步驟，只為了抵達終點。

　　夾在筆記本內頁裡的相片掉了出來，我伸手拾起，拍掉沾在上頭的沙。

照片裡，背景的海已經與初上的夜融為一片，只剩一點點微弱的白色浪花。

　　我用左手摟住妳，讓妳貼近我肩膀；妳的嘴角洋溢著笑容，而我的頭髮早被海風吹翹了大半。

　　那年一起慶祝生日後，我們在海邊散步，離開前讓女兒幫忙拍下這張照片。將相片翻了過來，白色的相紙上有著黑色麥克筆寫下的注解：

　　我和我的一生，舒涵。

　　收拾著昨天吃完的生日蛋糕空盒，將蠟燭殘骸放進袋子裡。

　　「舒涵，八十七歲生日快樂啊！」我獨自說道。「今年的蛋糕還不錯吧？雖然醫生說我有糖尿病，要少吃糖，但這一年就吃這一次布朗尼，應該沒關係吧，哈哈哈。」

　　想著昨晚的星星可多了。滿天的星斗和無垠的海平面，我手中那替妳慶生小小的燭火搖曳著，在黑得不見底的夜色中，閃耀著微弱卻絕美的光。

　　手中的蠟燭不小心掉在地上，我下意識地彎腰想撿起，卻發現腰際

一陣痛楚。撐了八十七年的身子，果然已經沒法好好使用，視線也無法迅速對焦，模糊了一下。

　　腳顫抖地撐住身體，我趕緊坐下，只覺心跳加速，彷彿要撞破胸口。我大口喘著氣，想讓心搏好好恢復正常。

　　把照片放回筆記本裡，行事曆上每年十一月的第四天都被畫上一個圈——這已經是第五個了。我看著遠方海平面上的天色，正夢幻地變化著。

　　日出就要來臨。

　　度過深沉的夜晚，黎明又會來到。

　　七十八歲那年，妳離開了我。九年了。

還記得妳剛走的那陣子，我只能坐在公園裡空虛度日，看著行道樹春夏秋冬的變化，從花朵滿天綻放到蕭瑟落葉遍地，根本無法過什麼「有意義的日子」，因我的一生早已與妳走過幾十個年頭，妳會在散步時走在前方，轉過頭對我笑著說要去哪個巷弄轉角的麵店，今天要點滿一桌滷味。

　　那我又如何在失去妳的前方，找到自己的方向？

　　那不是失戀，不是分手就能比擬的痛楚。

　　是將靈魂從己身剝離的痛。於是失去靈魂的我，只能呆坐公園，等著時間將我帶向足以輕易遺忘生活事務的年齡，帶向身體逐漸敗壞的未來。

　　妳離開後的第三年，某天，女兒從遠方來探望我，帶了一鍋魚湯。

　　「這是媽最愛吃的鱸魚。」女兒替我舀了一碗湯。「趁熱喝。以前媽還會幫我挑魚刺咧，爸你就是不夠貼心啦。」

　　「對對對，妳媽她最喜歡喝，但她會把蔥挑掉，挑食。」我下意識地回答。

　　忽然，我感覺有人輕拍著我的背，傳來的聲音溫柔卻熟悉。

　　「你啊，喝慢一點，不要每次吃東西都那麼快，這樣對腸胃不好，

都八十幾歲的人了。」

「妳剛剛有說話嗎？」我抬頭問女兒，她卻只是專注地看著手機。
看著旁邊空蕩蕩的椅子，我嘴角淺淺一笑。「妳很囉唆。」

「爸，你剛說什麼？」女兒抬頭問，我卻只是搖搖頭。
慢慢起身走回房間，打開櫃子，裡頭躺著一本泛黃的筆記本。
裡面夾著那張和妳在海邊相擁的照片。

我忘了這幾年都做過哪些事情，腦袋和身體也不允許我記得。
但時間卻像倒轉似的，眼前的畫面立體而清晰。我還清楚記得那天
我們在海邊說過的。

「我們答應對方，即使有人先走，留下來的人，也都不要忘記現在這
個畫面。」
「留下來的人會很痛苦。」
「可是比起痛苦，我更不希望回憶被遺忘。所以即使記得會很痛苦，
我也要記得。」
「只要記得，我們就會一直存在，那我們就能一直像今天這樣，相
擁。」

妳的話語，隨著海風飄著飄著，來到多年後。

遠方海平面上，太陽逐漸探頭。

人真的不能不服老，我開始忘記昨天吃完飯後把湯匙放在哪裡，甚至忘記了帶家裡鑰匙便出門。

許多生活細節都開始被遺忘——反正我也不想記起。

如果人的腦容量可以量化，即使我已退化到剩下一○％，我也要把這剩下的一○％都拿來記憶你。

於是每年十一月的第四天，我都要再回到這個海灘，記著我們相擁的畫面，記著妳。

因為只要我還記得妳，妳就不會消失在這個世界上。

翻著泛黃的筆記本，除了海灘日暮後的那張照片，還有其他四張。

妳在朝晨溫和光線下的背影。那將妳初次放入心底的員工旅遊，妳之於我而言，就像初醒的晨光。

我們在正午烈日下擁吻。那是擁有高漲愛意的一日，我和妳就像高掛天空、奔放熱情的豔陽。

妳在午後的山上看向遠方。那是感受妳溫柔的時刻，所帶來的是成熟且雋永的情感。

妳在夜裡熟睡的相片。那是無數個深沉夜晚有妳陪伴的日常模樣。

這些相片都成為時光機，讓我從八十多歲回到二十歲的青春、四十歲的成熟、六十歲的深遠。

如果沒有這些相片，回憶也許就會被輕易遺忘；如果回憶遭到遺忘，那回憶裡的人是否就不曾活過？

透過一連串的生命過程和回憶組成的厚度，人才能成為立體的存

一 日 如 一 生 的 愛

在。如果沒有回憶，這個人便彷彿消失在這世上，不論對記得的人或被記得的人來說，應該都是如此吧。

相片隨著抖動的手搖晃，海風吹來遠方的消息，日出已至，光彩又照耀大地。遠方有來看海的年輕情侶，他們的愛正要飛揚。

天空的色彩魔幻，此時的世界沾染了粉紫色，被照耀得宛如天堂。海浪聲捲起，我閉眼傾聽，彷彿這樣就能隨著遠方的聲音來到更遠方。我等待了九年，不願在餘下的日子裡遺忘妳，因為遺忘，才是真正的失去。

只要不遺忘，我就能找到妳。
所以這些年，我重複著同樣的行為，每年在固定時間來到海灘度過妳生日這一天。這樣單調又簡單的動作，即使腦

袋退化了，身體還是能像反射動作一樣記住，這樣我就不會忘記。

　　如果只能記得一件事情，那必然是妳的溫柔；如果只能記得一個畫面，那一定是在海灘相擁的彼此；如果只能記得一句話，那便是「我愛妳」。

　　所以，我不會遺忘，我遲早會找到妳的。

　　該不會就是今年？我就要找到妳，重新找回我一生的摯愛，舒涵。

　　感受到陽光攀上臉龐的溫柔，感受到濕黏的海風舉起我的身子，我長出翅膀，正在飛行。

　　耳裡傳來輕柔的音樂聲，和妳在機車後座常哼起的歌，交雜著弦樂和激昂的電吉他和弦。

　　我飛呀飛，被溫柔地擁抱，睜開眼，眼前是一道白光，而我墜入這片溫柔的海裡。

序幕

1

如夜晚深沉

今晚我們就要分離

這已經熟悉到不能再熟悉的路，在
今天過後就要變成陌生的巷弄。感
覺到她的手在我腰間游移著，七年
來的習慣動作，七年來的日常堆積，
已在生活中留下滿滿的軌跡，如何
能輕易地在這個夏日夜晚一刀兩斷，
簡單地變成過去與未來的分水嶺？

七月的夜晚，悶熱的氣候膨脹了鼻腔周遭所有的空氣分子，讓每個因心痛而想大口喘氣的呼吸，都更吸不到氧氣。窒息的感覺於是塞滿胸腔，如同眼前的愛，如同眼前已將我倆滅頂的愛，淹沒彼此，無法喘息。

　　我和女孩坐在便利商店外的路燈下，巷內的行人並不特別多，路燈的光線從她頭頂照下，將她側臉的陰影削成冰冷的幾何圖形，只留下眼睛周圍還有光芒，盯著前方的寂靜。

　　今晚，我們就要分離了吧，和相戀七年的伴侶分離。
　　此時此刻，便像是自己的靈魂正在剝離。

　　她的側臉早已烙印在我心底，眼前的畫面激烈地晃動閃爍。還記得初次見面，是在大學通識的課堂上。坐在窗邊座位的她，被因風揚起的綠色窗簾遮住，偶爾才能瞥見側臉。清晨的光，將她的身影籠罩在溫暖的朦朧裡。

　　八年後，我們早已習慣彼此出現在日常生活裡無數次，然而與熟悉的側臉交錯重疊的影像，卻已陌生。

「我們還有什麼辦法可以再試試看嗎？」女孩開口問。

相識八年、相戀七年，當身邊的朋友家人都以為我們會步入婚姻，當連自己都以為未來就都是畫好和她一起前進的藍圖時，這個問題迴盪在空中，對距離已變得遙遠的我倆來說，聽來格外無力和不知所措。

這一刻，夜晚的黑像是無底洞，將我拉入沒有盡頭的深淵。

我不知道如何才能用言語訴說七年的時間有多長，大概等於兩千五百五十五天；如果用一部電影兩小時為單位，與女孩相戀的時間已足以播映三萬部電影，每秒都閃過至少六十格畫面，等於有幾億張畫面同時在腦海裡奔騰。

跳動的畫面停了下來，第一幕是綠色窗簾旁的初相見。

剛升上大學的我們，正是對世界還保有許多好奇的年紀，也正處在帶點青澀卻又開始成熟的歲月。而她淺咖啡色馬尾下的笑容，讓一切的起點都好夢幻，一年的追求和無數次的糾結掙扎，終於在陽明山上牽起她的手。

交往後初次的過夜小旅行，即使迷路在南投深山的產業道路上，也因為有彼此的相伴，讓旅途變成一趟精采萬分的冒險。繞過彎，映入

眼簾的茶園層層綿延，我們驚喜地歡呼，這場山林迷路的終點，就像彼此在生命裡找到對方般，擁有燦爛的風景。

大學畢業典禮上的相擁，有著對即將入伍一年、南北分離的未知與恐懼。典禮那天豔陽高照，我們知道青春或許就要畫下句點，但走過彼此的青春，就是這趟旅程裡最值得一再回味的故事。

經過不知道多少個強忍著淚水和爭吵的遠距離日子，一個月明明只能放假兩次，卻還是搭五小時客運上臺北，或女孩花同樣的時間乘車下南部。退伍那天，班長拍了拍我的肩膀說道：「這女孩可以娶了。」

當身旁的班對都因入伍的遠距離而分手時，我們成為獲得祝福、注定要步入婚姻的一對，成為彼此生活理所當然的存在，在雙方的家庭裡融入。

恍惚之間，傳來飛機引擎的運轉聲。

畫面裡，我和女孩飛出臺灣，再飛進世界的角落。轉機後，來到原始的大海，看見原始的生活樣貌、扛著飲用水和一大袋麵包以供果腹

的孩子，以及大自然令人驚嘆連連的鬼斧神工。

女孩在路邊替我拔掉海膽的毒刺。路過的車子揚起原始道路的飛塵，卻因此將她專注的神情襯托得更美麗。

最後來到無人島飯店，這裡沒有其他吵雜煩人的聲響，只有彼此無瑕的笑聲，伴隨著滿天星斗和海浪。女孩在我身旁沉沉睡去，被夜晚靜謐的力量溫柔地擁抱。

像是場夢，而我在海岸邊的小木屋熟睡著，耳際只有海浪規律地唱著搖籃曲，以及她仰息之間的呼吸。

好幾億張片段畫面在腦海裡放送，如果回憶也有容量，她早已占滿我人生硬碟裡最珍貴的資料夾。

背光的身影、調皮蹦跳的腳步、在機車後座高歌的旋律，還有被我一逗，嘴角的笑就會漾滿臉頰的可愛反應。此時高速運轉的回憶已經當機，畫面停留在夢幻的無人島飯店夜裡。

溫柔的夜，和此時明明是盛夏卻顯得冰冷的夜晚形成強烈對比。回憶將我拉入無盡深淵，無數張片刻幸福的畫面，對照著眼前的陌生場景，強烈的突兀感令人不適。

明明剛從世界的角落回來，明明彼此還緊緊相擁著，明明曾一起走過人生好幾個困難階段。

　　如今的相處卻如此不堪。

　　雖然故事場景並沒有老套地開始下起雨，但我的眼裡終於變成一場滂沱，下在眼前的世界，模糊了視線。此時此刻，我再也看不清眼前女孩的樣貌。

　　今晚，我們就要分開了。

　　「真的沒辦法了吧。」我想搖搖頭，但脖子卻突然僵硬，這股深沉的無助將我所有的肢體動作都放慢。停頓一會，彼此凝望，直到淚水滑落，我才終於看清女孩的臉；而她一如以往堅毅，忍著淚，哭的果然還是我。

　　明明白天才一起看完電影，明明剛剛還在巷口的小吃店一起吃飯。

　　偶像劇裡那些灑滿狗血、明明相戀卻得分手的劇情，看似沒道理，如今才知道，原來只是自己未曾經歷。感情有很多種，並不是只有因相戀在一起，以及因相厭而分手。

　　當我們一起在人生的時間線上走得久了，總有遇到岔路的時候；在

這之前，我們都是一起度過的。

只是今後的路，不同了；而現在，便是來到岔路口了吧。

忘了從什麼時候，女孩從熟悉的枕邊人變成陌生人。

或許是這座城市迫使我們改變，這個世界的生存之道讓彼此變得不同，最後我們都成為連自己也覺得陌生的模樣。

如果當初我們不曾離開一起求學的中部，不曾來到這個迷幻又五顏六色的城市，或許現在的我們都還沉浸在當初相遇於綠色窗簾旁、有著燦爛陽光灑落在彼此身上的浪漫氛圍裡吧。

可是，我們終究遠離那個年紀，時間總會推著生命前行，將我們送進這座城市。

還記得剛來到大城市的第一天，騎著機車找租屋處，被各式各樣的房東開了各式各樣天方夜譚的價格，覺得自己像是個外人，卻仍擁有滿腔熱血，信誓旦旦地告訴自己才不會一直待在只求生存的頂樓加蓋雅房。

如今，我已被這座城市同化，女孩也不再是當初的模樣，但其實我無法分辨究竟是她真的變了，還是因為我已經不一樣了，才覺得她不一樣。

忽然想起退伍那天，班長對我說「這女孩可以娶了」，以及走過人生各個重大階段、即使相隔三百公里都沒分離的我們。

　　原來，真正的距離不是南與北的五小時車程，不是地圖 app 上顯示的三百公里，而是彼此的變化。

　　或許再晚個幾年認識，就可以在剛好的時間點結婚，此時此刻，我們就不會面對即將到來的分離。

　　可是這條時間線是不可逆的，而岔路也在彼此不知不覺產生變化後悄悄形成，在終於走到這個節點時攤開在眼前。我們無法後退，也無法知道如果當初走慢一點，或走快一點，是不是就能避開這條岔路。

　　但就是這樣，即使都還愛著對方，卻沒辦法繼續走在一塊。

　　因為還愛著對方，此時分離，才會是最好的選擇。

　　我們都已經變成自己當初無法想像的樣子，或許分開，我們才能找回自己喜歡的模樣吧。

　　「如果真的沒辦法，那我們就這樣吧。」女孩說，一如她既往的體貼。

　　無雨的夏夜十分悶熱，空氣被高溫曬得膨脹，讓每口呼吸都變得有

點困難。

　路人偶爾經過，會轉過頭看看我們；坐在路旁、眼眶發紅的兩人難免引人側目，但我們早就顧不得了。我倆是溺水的人，在情感的汪洋裡，原本溫柔的海浪轉眼變成夜裡洶湧的波濤，將我們滅頂；而溺水的人，只求活著上岸，哪管得了自己的狼狽。

我緩緩起身，女孩也是。她家就在附近，我騎上機車，準備送她回家。

　　女孩的手壓住坐墊，跳上後座，小心翼翼地不觸碰到我。我驚覺：這也許是最後一次載她回家了，淚水忽然潰堤。

　　這已經熟悉到不能再熟悉的路，在今天過後就要變成陌生的巷弄。感覺到她的手在我腰間游移著，七年來的習慣動作，七年來的日常堆積，已在生活中留下滿滿的軌跡，如何能輕易地在這個夏日夜晚一刀兩斷，簡單地變成過去與未來的分水嶺？

　　我愣了下，緩緩將她的手拉了過來，環在腰間，讓她貼上我的背，一如這兩千五百個日子，一如大學時期上下學的路途，一如一起上山下海的冒險，一如一起騎車到巷口麵店吃晚餐的日常。

　　車子緩緩發動，向前。

　　巷弄裡，只剩機車的引擎聲，少了她總是在後座高聲唱著歌的旋律。

　　我將油門放慢。曾經三百公里的距離都無法分開彼此，如今，儘管我們仍緊貼著，但分開的時刻卻隨著逐漸縮短的路程倒數。

今晚，我們就要分離了。

轉過彎，已能看見她家門口就在巷弄尾端，剛剛被回憶轟炸的腦袋突然沒了畫面，只剩下轟隆巨響和一整片黑。

那些回憶都太浪漫、太美好，但眼前的現實終究將我拉了回來。

我們已是要分離的、相戀七年的情侶。

機車前行。

五百公尺。再見了，我的青春大學回憶。

四百公尺。再見了，我的人生精華時光。

三百公尺。再見了，我的可愛馬尾女孩。

兩百公尺。再見了，我的人生最摯愛。

一百公尺。再見了，我的一半靈魂。

機車停下，她家門口。

「再見。」路燈下，她脫下安全帽的瞬間，我看見淺咖啡色馬尾在空中飛舞。這聲「再見」說得很輕，卻在心底留下沉重的分量。

該如何，才能對累積七年的日常、對沒有激烈爭吵、對明明前一秒鐘都還覺得彼此會走入婚姻的另一半說聲再見？

而這聲「再見」，其實也不會再見了吧。

　我還深愛著那個在綠色窗簾旁，洋溢著青春笑容的女孩；我還深愛著那個在南投旅行時，安慰我迷路沒關係的貼心女孩；我還深愛著那個在無人島飯店時依偎著我、沉沉落入夢鄉的女孩。
　但這些都只是彼此在太過美好回憶裡的形象，我們都早就不是對方深愛的那般模樣了。

　我還愛著這個人，於是今夜我要和她分離。

　「明天，我會把你家的鑰匙還給你。找個時間，把家裡的東西都還給對方吧。」
　這一刻，這一句話，來得很真實，卻和腦海的回憶衝突著。

　「嗯，妳要好好照顧自己。」
　「你也是喔。」女孩笑了笑。這一笑，所有的回憶都被拉回原點。
　我終於崩潰，放聲大哭。女孩上前一步，將我擁入懷中。這是妳一路走來的體貼和包容。
　或許也是妳最後的溫柔。

「對不起，我不知道為什麼我們會變成這樣。」我說。

「沒關係，沒關係，不用說對不起，好好照顧自己，記得對家人好一點、記得剪指甲、記得多喝水。」

我被自己的淚水淹沒，被這如此無以名狀的溫柔給淹沒，但我卻得將自己抽離。

一分鐘後，我的背不再因為悲傷哭泣而抽搐，緩緩地將她的身子向後推。

抬起頭，離開她的擁抱。

「等我們都變得更好了，就能再見面的。」女孩這樣說。

我點點頭，她轉身背對我，揮揮手，很用力地揮揮手，一如她可愛的招牌反應。

然後再轉身，此時我才看見她的眼角泛紅。

女孩離開了，剩下我在原地。

夏日的夜晚，沒有蟬聲唧唧的詩意，只有一片黑。

想到要跟多少好友和共同友人交代這段戀情的結束，想到或許就要失去這些共同好友，想到要跟多少親戚交代——或許還免不了一句責

難，想到有多少個日子要慢慢重建成未曾習慣或想像的模樣，無不令人害怕。

　　但更令人害怕的是，我發動機車，調頭駛入沒有女孩的世界。
　　隱沒在黑夜裡，這深沉的情感裡。

　　　　　　　　　　　　　　　　　　　　1　如夜晚深沉

獨自旅行的地圖

至少在那個當下，我們都還深愛著彼
此，那就足夠了。如今，妳要朝著妳
的自由大海飛去。我將轉身離開這片
海，朝我的未來走去。

　　獨自躺在花蓮的民宿床上。這是一家位於咖哩餐廳樓上的民宿，房間是雙人房的規格，卻只要單人房的價格。一個人睡在雙人床上，空間雖大，卻只是徒增翻來覆去的餘地，不認床的我此時失眠。

　　拿起手機，點開通訊軟體，沒有新的訊息；點開社群軟體，將所有動態重整到沒有新動態可看。

　　還是睡不著，還是無法專心在眼前的世界，回憶還是一直閃爍。

　　點開手機記事本 app，確認這幾天的景點，只剩明天的七星潭，剩下的都已打勾確認完畢。

　　黑暗的房間裡，手機冷色調的光刺進眼裡；沒有溫度，卻成為這片夜裡我唯一的依靠。

我在每個景點下方都貼上兩張照片：一張是合照，一張是獨照；一張是一年前，一張是一天前。

　　一年前的合照，彼此的笑容都很燦爛；一年後的照片，是自拍腳架幫我拍的。同樣的背景，同樣的藍天，同樣的男主角，以及缺席的女主角。而妳，不會再出現於照片裡了。

　　妳已從我的生活裡消失。

　　我衝動地向公司請了特休，決定來到花蓮旅行三天兩夜。在手機裡的地圖畫好行程，想再次找到妳的身影，然後說聲再見。

　　說真的，分開後的日子裡，我並沒哭過太多次，只是覺得心裡空蕩蕩的。

　　分手一段時間後，我們相約見面。記得那天是陰天，中午沒有炙熱陽光，與心情十分相映，沒有強烈起伏，只有灰濛濛的氛圍，後來看了一場電影，期盼彼此還能像朋友般相處。

　　分開的時候，我們沒有說再見。妳上了公車回家，有些不習慣，不再是我騎車載妳，就此之後就再也沒了連絡。

　　身邊的人大概沒注意到我的異樣。我還是照常上下班，還是喜歡加班吃自助餐便當，但只有自己知道，現在的生活彷彿行屍走肉。

直到一個月後的某天，整理手機照片，想把合照全部刪除時，才從相簿裡撿起分開前最後一次小旅行的回憶。那次我們來到花蓮，回憶不知道為何特別燦爛，四月的花蓮已是夏天的前奏，想到的一切全都暖烘烘的，有被太陽曬過的溫度。

　　在失去生活感的一個月後，翻著照片的當下，我忽然好想念那個照片裡還會燦笑的自己。衝動之下，我訂了民宿、請了假，一回過神，人已在前往花蓮的路上。

　　從火車上看見的東部田野風光依舊令人心曠神怡，穿梭在層疊綿延的綠色山谷間，陽光從窗邊爬進車廂，美好的風景忽然讓我有種生命還很美好的錯覺。我的嘴角勉強上揚，這次的單獨旅行，我會得到一個更好的自己，我在心裡這麼說。

　　　　　　　　　　　　　　　　　　　　　　　　1　如夜晚深沉

美好的想像在第一晚便已破滅，我失眠到凌晨四點才勉強睡著。今夜是第二晚，一樣睡不著。在陌生的房間裡，一股莫名的不安全感襲來，我忽然覺得好害怕，身旁沒有熟悉的人事物；打開手機，卻找不到那曾是生命中最重要的人帶來的踏實感。

時間一分一秒流逝，但在安靜的夜裡，卻無法感覺時光向前，一切彷彿都被凍結，而我會永遠被困在這寂寞的黑夜裡。在沒有美好假象的藍天下，在無人陪伴依靠的情況下，我忽然赤裸裸地面對現實。

原來我的世界，已經崩塌。
肩膀開始抖動，我以為自己要哭了，可是沒有，我哭不出來，我沒辦法感受難過，因為連快樂都已忘記。

我已準備好年底的求婚計畫，畫好將來要一起奮鬥的藍圖，把未來的世界建構得如此美好，但最美好的那塊卻偏偏消失了 —— 那就是妳。

夜好黑。一個人旅行的計畫根本不像電影演得那樣瀟灑。夜好靜。一個人待在陌生的房間，助長了寂寞的氣焰，而我只能蜷縮在角落。
翻著手機記事本裡的行程，第一站是火車站前的便當店。那家店並

不特別好吃，但內用的飯盒是不鏽鋼做的，很特別，所以妳特地要我一起合照。照片裡的妳捧著便當，笑得燦爛。當時為了能拍到便當裡的雞腿而將飯盒傾斜，沒想到雞腿反而因此掉在地上，快門還剛好捕捉到這瞬間，拍下妳眼睜睜看著雞腿掉在地上的激動神情。

如此自然、真實，妳的笑容綻放得好美，一如我所深愛的模樣。

滑到下一張照片，是前天中午剛到火車站後，獨自前往便當店拍下的雞腿便當。自拍鏡頭前的我，也拿著便當微笑著。

都說拍照要笑，但我看著照片裡微笑的自己，卻忽然有股心酸。

第二站，我來到花蓮酒廠。酒廠主建築前有條筆直的道路，當時我整張臉發紅發燙，有點想吐，只好在樹蔭下休息，就是門口數來第三棵樹；而妳跑進酒廠買了瓶冰涼的礦泉水，好幫中暑的我舒緩。

躺在妳的大腿上，仰望著妳因緊張而盯著我的眼神，雖然噁心感仍在胃裡翻騰，但心頭卻揚起一陣幸福：我呀，是個被愛的人，是個被妳呵護的人。

後來身體好了些，可以開始說說玩笑話，妳的眼神才開始從擔憂轉成輕鬆。接著，妳一如既往地調皮，拿起手機自拍，說要拍下我體虛

的模樣，好留待以後拿來糗我。

　　滑到下張照片，是前天我獨自為這棵樹取景拍下的照片。照片裡的我蹲在樹蔭下，路人騎機車經過，或許以為這是什麼新景點或樹上有什麼新奇東西吧，也稍微停下腳步，等到他們發現這不過就是一棵普通的大樹後，反而覺得我是怪人似的，加緊腳步趕快離開。

　　是呀，這些在你們眼中日常的景物，對某些人來說，或許是珍貴難忘的寶物。

　　但是，我真的是被愛的嗎？妳看著我的眼神、流露出來的關懷和愛，應該不是虛假的吧？
　　請別告訴我這是假的，請別告訴我一直以來所相信的愛，只是一場騙局。

　　我找不到答案。因為找不到答案，更覺得害怕，但仍強忍著情緒。夜很深了，還是沒辦法睡著，從背包拿出藥袋，吞了安眠藥，才勉強睡去。

　　第三天，陽光依舊熱情高掛，我也依舊無法感受這分溫度。

這天的行程只有一站，我坐著公車來到七星潭海邊。其實前幾天應該順路過來的，但我特地排在最後一站。

　　在公車上翻看著手機相簿，照片裡是太魯閣國家公園，是少數我們用腳架合照的照片。在燕子口，我摟著妳的腰，而妳的右手搭著我的肩，左手還在胸前比了個加油的手勢，妳說這是冒險王要探險的帥氣pose。
　　記得那天，我們說好未來要一起去更多地方探險，我還被妳逗得呵呵笑。照片裡的我們，就是那種人人看到都會覺得羨慕，說「感情怎麼這麼好」的一對情侶吧。

　　但說好「還要到更多地方探險」的未來呢？怎麼在當時的未來，也就是現在，我卻只能獨自旅行？
　　當時的妳口中所說的未來，又是怎樣的未來呢？

　　關於這些問題，我只能得到無聲的回應；找不到當時的答案，只能接受現在塞給我的現實。此時，公車到站。

七星海岸，海和天的藍彼此相連，海平面這條分隔線彷彿消失，眼前所見盡是一片湛藍，整個世界就像無際的藍包覆著。這裡平日人潮稀疏，但還是有些情侶在海邊潑水嬉鬧。

我像是個異類，突兀在這片場景裡。獨自把自拍腳架立好，面對鏡頭比了 YA。我不知道為什麼要這樣比，事實上我也笑不出來，只是覺得照片好像就該這樣拍。

我想起那次旅行的最後一天，原本妳說要去海洋公園，而我想去七星潭看海，但因為時間來不及，只能二選一。

妳說不想吵架，不想破壞這次旅行的回憶，因此我們終究來到七星海岸拍下這張照片。那張照片是妳幫我拍的，只有我，沒有妳，是唯一一張獨照。

看著手機裡那張照片，一連串畫面忽然竄進腦海，在眼前閃爍。我想起那天，妳幫我拍完照後，放下手機，凝視著我身後的海，若有所思；而我無法解讀妳的想法，只能看見妳的眼瞳盛滿無邊無際的藍，在其中的我，顯得小小的。

「來七星潭值得吧！」我跑向前，接過手機。

妳這才把凝望著遠方的眼神拉回我身上。笑了笑，卻沒有回答。

「妳最好了。」我拉長尾音撒嬌，擁抱著妳。

那是妳給我最後一次的體貼，這也是我們最後一次並肩在波光粼粼的海邊散步。

於是明明前幾天順路，我還是在這次獨旅的最後一天安排了七星潭的行程。

照片拍完，我走回自拍腳架旁，看著相片裡的自己比著 YA，以及那和手勢完全不搭的眼神。

我看著眼前寬闊的大海，看著像是被最高級的藍色顏料均勻塗抹的藍天，陽光溫柔地擁抱我，讓我想起那天妳凝望大海的眼神。

忽然，我的眼角滑落淚滴。一個多月了，雖然突然，但我終於感受到悲傷，在如此豔陽高照的晴朗天空下，在東部海岸壯觀的美麗大海前，在耳際歡笑聲充滿的世界裡，我終於感受到一股悲傷。

原來那是妳看到的風景，那片大海、那片天空；我始終無法懂的，是留在我身邊的妳，其實是被束縛著而非愛著。

妳總是為我做盡所有努力。那天妳沒有選擇去海洋公園，那年妳選

擇搬進我的套房而不是我搬進妳的生活圈。妳努力留在我身旁，結果卻是遭到束縛；妳曾走進我的生命，但總有一天會走遠。

　　不敢傷害我的妳，想留下溫柔的妳，卻無法再忍受束縛的妳，拼湊成最後殘忍的結局。

　　照片一張又一張滑過，手裡拿著地圖，走過曾與妳一起到訪的每一站，閱讀著每個和妳待過的角落。當終點站終於來到，我知道要說再見了，說出那天看完電影後忘記對彼此說的「再見」。

　　妳是被束縛的，而我所能給、能回報妳這些年來對我的溫柔，便是再次給妳自由。

　　岸邊浪花規律地拍上岸，聲音在耳際迴響。在看見和妳所見一樣的風景後，我找到永遠無法確認的答案，當初妳離開我的答案。

　　這一個月，為了維持生活，為了不讓他人擔憂，為了當個稱職成熟的大人，我無法在任何人面前悲傷，於是我放掉所有知覺，遺忘所有情緒。

　　或許這是人類的一種保護機制，以避免自己陷入太深沉的憂傷，卻

不知道反而跌入另一個更可怕的深淵，讓自己失去心跳，失去感受世界的能力。

　　找到答案的當下，我終於哭泣，才又感受到心臟在胸口跳動。我哭著，卻也笑著。
　　原來我還能哭，原來我還是個可以感受情緒的人。

　　當眼淚徹底洗滌了視線，我才終於看清：我真的失去妳了。
　　我失去那個曾深愛我的人，如今，我只剩下我了。

　　七星海岸旁，一個人站在這裡哭泣，讓我看來更像個怪人，但我卻沒有停止。我還想再哭一會。
　　至少情緒還能宣洩，至少我還能哭泣，讓我能好好說聲再見。
　　我抬起頭，仰望這片藍天。

　　陽光從雲層間灑落，一束又一束光線穿過層疊雲朵，像一道道救贖的光，從遠方的海面送來點點光斑，再隨著風將雲朵吹散，光線迎面而來，灑落在臉上。
　　感受到一絲溫熱，像是有人用雙手捧著我的臉頰，擦了擦我的眼角。

謝謝妳曾給我的燦爛美好。今天我就要和妳說再見了,雖然不知道妳能否聽到,但凝望著妳曾看過的海,海風應該能把我的這句再見送入妳耳裡吧。

　　這次說完再見,我就要邁步向前走了,這就是一個人旅行的意義。
　　而我終於釋懷,妳當時急切的眼神,應該是真實的關心吧;當妳聊著未來的時候,我想妳也應該真的期待著未來吧。

　　至少在那個當下,我們都還深愛著彼此,這樣就夠了。如今,妳要朝著妳的自由大海飛去。
　　我將轉身離開這片海,朝我的未來走去。

　　帶著這段回憶,帶著這段讓我成長為如今樣貌的回憶。
　　轉身離開。

駛入最深的夜

人們常用夜深形容時間已晚，但當
夜到最深處，陽光便會從遠方的地
平線那端探頭。
當我掉入無盡深淵時，卻發現最底
部是一片柔軟；而承接我在最深之
處的，是「家都會在」。

週五深夜，路燈的光線隨著車速向後退，我將臉靠在車窗上，讓忽明忽滅的光影在我臉上起舞。乘客都睡著了，於是車內變得安靜；因為安靜，於是夜變得漫長。

　　漫長的夜，在漫長的公路上展開。從臺北南下大約三百公里；量化了家的距離，卻無法精準描述思念的長度。車子隨著路面搖搖晃晃，像是搖籃搖啊搖，彷彿又回到那個被抱在母親臂彎的孩子。

　　客運票價大約六百元，比起高鐵少一半，雖然科技縮短了物理距離，卻縮短不了貧富的距離。返鄉的車錢只能從北漂的生活費省下，南下的長途夜車於是成為最好的選擇。用睡眠品質交換金錢，在年輕、身體還能承受的時候看似是最划算的解答，而這樣的我們，並沒有餘裕去想更長遠的健康。

　　也因此，回家的次數就少了。
　　大約一季一次，一次兩天。
　　此時回家變得不像回家，反而更像出一趟遠門；而平時掛在嘴邊和同事說聲再見要回家的那個租屋處，該不會才是家？

　　車內只剩引擎和冷氣的**轟轟**運轉聲，我放低座椅，想趁著夜色睡一

會，但想起前一週和主管面談時對方的臉色，猛地又睜開眼。這時，左手邊那個坐在靠走道位置的女孩翻了身，原本束起的馬尾散落，黑色髮圈掉在地上，淺咖啡色的及肩長髮四散，蓋住熟睡的臉龐。

　　像極了她。

　　路燈橘色光線掃過女孩的身。夜裡的光線微弱，我的瞳孔得極力放大，才能放心地確認並不是她。

　　不知道是鬆一口氣，或是感到失落。如果再遇見，不知道該說些什麼，但至少不想在這個狼狽逃離臺北的當下再被她撞見。

　　一週前的辦公室，主管和我凝重地相望。我大概知道他要說什麼。全球性的經濟衝擊，公司需要改造，人力也是，而我被放入改造名單裡；我們的離開，號稱是公司重新前進的動能。

　　八年了，從畢業第一份工作到現在，正是而立之年。當初對「而立」的想像是獨立，後來才發現獨立很難，因為世界輕而易舉就能崩塌。

　　我為了工作放棄一切，工作卻也放棄了我。

　　人們總說我是個為了工作拚命到失去靈魂的人；「拚命」此時不是形容詞，是動詞。

但我不知道如何解釋。我從南部來，如果不拚命，就會成為失去在這城市中的立足之地、失去夢想的人。

　　人們不知道的是，在我離家那一天，家人特地訂了飯店的 Buffet，說要慶祝我找到臺北的工作，也祝福我成功，還交給我一袋紅包，說是要給我闖蕩的基金。裡面有三千六百元，是我從小到大所拿過最大包的。

　　那頓飯是平時只能坐客運往來南北的我，所能吃到最高級的大餐。我穿上在平價連鎖服飾買來的襯衫，因為那也是我所能穿上、最配得起高級大餐的衣服。

　　可是我的拚命卻讓我失去靈魂；就像是魔鬼的交易，用靈魂交換金錢，難怪有些人會認為金錢是邪惡的。

　　可是，失去靈魂後，魔鬼卻連讓我賣命的理由，都一併剝奪。

　　路燈從我眼前快速後退，連光都離我而去。巴士裡，身旁的人們都在熟睡。

　　突然感到有點害怕，這趟旅程會不會永遠到不了終點，只能在這無止盡的夜裡無止盡循環？路燈的光線再次在我臉上忽明忽暗，當整個世界都不再有回音，我只能是個迷失方向的孩子。

離開臺南北上那天，車窗外的藍天豔陽高照。晴朗無雲的天氣總是帶來希望感。這條筆直的公路一路向北，像是通往夢想的道路，而我正要啟程。前一晚吃的 Buffet 還留在胃裡，我拿了很多螃蟹，畢竟以前要過年回奶奶家才有可能吃到，蟹肉的鮮甜，還在唇齒留香。

出了客運站，才第一次看到臺北車站，這是當時的我看過最大的火車站。因為大，所以氣派，尤其是售票大廳，還有著挑高的屋頂。原來這就是所謂的大城市，在城市前面加個「大」，是有理由的。

第一次來到信義區，香堤大道的霓虹閃爍，那也是我不曾看過的華麗夜景。原來夜可以這麼明亮，原來霓虹燈有這麼多顏色。人人穿著亮麗，手裡都拿著 iPhone，在戶外露天座位區喝著調酒，而一杯酒就要價五百元。

那晚，我回到頂樓加蓋的雅房，告訴自己以後一定也要住進這麼華麗的城區。

　　我要拚命，凡是工作上任何可以表現的機會，我都會跳出來；下班後也花了比其他同事多一倍的時間加班。於是我很快獲得注意，當更多工作交辦給我，我就更開心，再花上更多時間工作。

　　我成為老闆的紅人，馬上在公司擁有立足之地。

　　後來，我終於有能力搬離頂樓加蓋的租屋處。那晚，我看著其他環繞在這幢老舊公寓周圍的高級大樓，而高級大樓旁，還有更多老舊公寓的頂樓加蓋，有些正亮著燈，這些人和我一樣在城市的角落裡求著生存。

　　我好不得意，認為自己不再是那個只求生存的南部小孩。

　　就這樣，我以為我就要找到自己在臺北的歸屬感。

　　但後來老闆幫我升遷，於是工作時間幾乎占滿我所有清醒的時刻，直到被擠到毫無空隙時，生活終於爆炸。

　　她說我的靈魂已經被這城市啃食。對於這樣的指控，我心底一股憤怒油然而生，像是被戳中傷口時的反射動作。想反擊，但張開嘴後又

不知道該如何反駁。

　但她不知道我為什麼要讓自己的靈魂被啃食——被錢追著跑的人，是不配擁有靈魂的。

　靈魂，只給那些可以正常生活，不用為了助學貸款、家裡負債、孝親費煩惱的人們。

　那次吵架是我來到臺北後第一次流淚，是即使被跨部門主管羞辱、被前輩冷言冷語，都不曾感到受傷的我第一次流淚；然而就算有她橫在我與工作之間，我還是選擇了工作，那晚她哭得傷心，而我哭得無法再感受傷心。

　靠近車門的電子鐘顯示著現在是凌晨四點半，還剩下半小時就要到家鄉。看著坐在靠走道座位的女孩，也許是夜裡太安靜，但深夜又搗亂生理時鐘，於是思緒特別紛亂。現在的我，並不適合擁有對快樂生活的期待。

升遷後也不過就一年時間，便被工作放棄。

　　全球的經濟衝擊嚴重影響公司的營收。我無法把這次資遣怪罪在任何一個人身上，但也正因為如此，使得這股失望更深沉：這個世界遺棄了我，當我出賣靈魂、只為了錢生活時，卻連這一點回報都不配擁有。

　　最後把我推入無底深淵的手，仍是這波全球經濟衝擊，將我所有的投資和資產都吃下肚。

　　於是我赤裸裸地，掉進了看不清任何遠方的黑，一無所有。

　　三天前，我只簡單打了個電話回家，說這個週末會回去，和以前一樣坐客運，不必特別到高鐵站接我。

　　說著這句話的同時，腦海裡也演練著千百萬遍萬一父親問我為何不搭高鐵時的答案。

　　但這些答案並沒派上用場。父親只說了聲「好」。

我不知道如何跟他們述說這場失敗。想著那晚的 Buffet 大餐、父母殷切期盼的眼神、他們北上看到我所住社區大樓時的滿足神情，或許這個夜不要結束，也好。

　　可是客運還是到了站。凌晨五點半，天空遠方接著地的交界處，隱隱透著天亮前的光。

天未亮，我在路旁租借共用腳踏車，騎回家。

　　街道不若大城市那樣光鮮亮麗，大多是矮房和透天厝，經過菜市場時，魚販已經開始叫賣。拐進小巷，有些甦醒的氛圍，但人還不多，老奶奶正在散步，而離家只剩下三個街區。

　　五點半的空氣沒有其他時段那樣渾濁，呼吸起來有種新鮮、剛出爐的味道，這樣的清新洗滌了鼻腔到氣管，最後到肺。
　　以及心。

　　將腳踏車停在離家最近的租借站，只要走進巷弄裡，很快就到家門口。
　　巷口的公園裡，漆成黃色的溜滑梯還在，但旁邊的鞦韆已經壞掉，隨著風的搖晃傳來生鏽摩擦的吱嘎聲。
　　家門口，將鑰匙插入，緩緩地轉開門，家的樣貌在門開角度變大的同時，慢慢清晰。

　　壁癌傳來的味道還是一樣熟悉，而我雖然從光鮮亮麗的大城市來，卻沒有帶著光鮮亮麗的衣裝回家。
　　想起那晚大餐，父母祝福我成功，但我失敗了，我失敗回來了。

好險家人都還熟睡著，我還不用交代回來的原因。

　　無數個在便利商店吃著便宜便當的夜晚，無數個加班到連其他頂樓加蓋的燈都熄滅的夜晚，這些夜晚彷彿沒有終點，像是要把我丟入同樣沒有終點的無盡深淵。

　　此時，背部感受到一股暖意：南部的太陽準時在六點攀上我的肩頭，熟悉的炎熱。

　　我聞到廚房有股親切的味道，放下背包，走進去打開電鍋，是關廟

麵和將高麗菜煮得軟爛而香甜的湯頭味道。

準備好餐具，我將湯碗從電鍋裡端出來、放上餐桌。餐桌上留有紙條。

辛苦了，我煮了你最愛吃的關廟麵。雖然我們等你成功，但你不用成功也沒關係，只要回家跟大家在一起，你就不用怕。家都會在。

我想起坐了一整晚的夜車和心裡的擔憂，那些挫敗幾乎壓垮我。

這麼長篇幅的壓抑，頃刻之間獲得宣洩，取而代之的，是一股暖流。

人們常用夜深形容時間已晚，但當夜到最深處，陽光便會從遠方的地平線那端探頭。

我掉入無盡深淵時，卻發現最底部是一片柔軟；而承接我在最深之處的，是「家都會在」。

這是深夜的終點，關廟麵的湯頭清甜，外頭的陽光正溫暖。

THE MOMENT

雨

山城下雨了，下在山谷之間，遠方山頭都籠在水霧裡，變成一抹縹緲的朦朧身影。

　　人們在躲雨，你卻在看雨。在看什麼呢？為什麼不躲雨？

　　雨聲滴滴答答，下在磚瓦，下在石子路，下在傘上，下在心裡。

　　水滴在百分之一秒凝結，又在百分之一秒後，破碎。

　　店家吆喝著趕緊架起棚子；架起棚子，卻沒了人潮。

　　空蕩的大街，人去樓空；潮濕的水氣，壞了嗅覺。孤單瀰漫在空氣分子裡。

　　大概是此時滿溢出來的悲傷情緒，大過了從天宣洩而下的雨水，你的心早已濕淋一片，不需要躲雨了。

　　不需要太陽，下雨也沒關係，哭了就哭了。

　　做為觀光景點的山城，本該充斥著人們歡笑的氛圍，本應該擁有微笑的力量，卻都被此刻的大雨，淹沒。

　　這樣的無能為力，就像突如其來的大雨，人們毫無招架之力，只能被這片烏雲遮蓋。

　　就像突如其來的悲傷，躲也躲不掉。

　　只剩下滿溢的情緒。而你獨自看雨，任由雨水淹沒你，任由寂寞吞噬你，任由悲傷將你滅頂。

2

如朝晨初醒

綠色窗簾

喜歡一個人是什麼感覺呢？喜歡本就是一種無法清晰形容的感受，但我想，喜歡一個人會讓人充滿勇氣，即使要起身面對全世界的挑戰，而且明知道會遍體鱗傷，都也不會害怕。

清晨的光在早八通識課的窗邊跳舞，風揚起的灰塵變成浪漫的光點，教室的綠色窗簾隨著吹進來的風上下擺動，緩緩落下時，她的臉龐便會隱約露出。教室外的光線透出她身形的輪廓，有點霧濛濛的，如夢似幻。

　　遇見她的那一刻，早八的課堂突然變得不再那麼死氣沉沉。半小時前還懊惱著自己果然是個菜鳥小大一，特地跑去網咖搶通識課，結果躺分就能過的課卻一堂都沒搶到，倒是那些留在宿舍選課的室友，不但輕鬆寫意地搶到自己想要的課，還可以傳訊息嘲笑我一番。

　　課程可以自己安排，想來大學真是個不一樣的人生階段。

　　爸媽開車載我北上到學校宿舍那天，媽媽一把搶走我手上的抹布，直叨念著我的櫃子都沒擦乾淨，還說以後宿舍要保持整潔，才不會被室友討厭；沒想到室友的垃圾堆得比我還高。直到他們離開時，我才感受到自己真的要離家獨自生活了。

　　對學校附近的環境還不熟悉，只能隨便走到外頭找家店吃麵，少了一點家鄉的甜，更少了媽媽在餐廳吆喝要我趕緊下樓吃飯的氛圍。上了大學，不僅生活起居要自己打理，連課程安排都可以自由選擇，多了一點為人生負責的成熟。但我還來不及習慣，長大的步調便不等人

地往前邁進。

難怪人家總說，長大是一瞬間的事，當那個時刻到來，我們都被迫學習長大。

開學第一週的週三早晨，七點半，鬧鐘大響，我不甘願地起床，室友更是不甘願地被我吵醒——雖然躲過早八的通識課，卻還是得跟著我的鬧鐘一起醒來。我得意地傳了訊息回敬他：「我要去認真向學了！」

訊息裡雖是這樣說，但走在前往教室的路上，還是十分不甘願。都已經是大學生了，還得像高中生早起，坐在教室裡。腦袋尚未開機，偏偏這堂課還是化學。化學是我在高中最討厭的課，數學和物理都只要計算，但化學不僅要會計算，還要背一堆化學式，對我來說根本加倍痛苦。

現在連上課時間都是早八，讓加倍痛苦的學科更加可怕，會在這時段開課的老師鐵定是惡魔。

心裡還在咒罵著老師，就在老師打開第一頁 ppt 的當下，兩位女生從教室前門衝了進來，其中一個我認得，是班上的班代；跟在她身旁

的女孩，我卻完全沒有印象。

　　個頭小小的，不到一百六十公分；長髮過肩，淺咖啡的髮尾有點捲捲的，還穿著綠色的針織外套。她從教室後方繞到另一側的窗邊，坐在我前方的位置。雖然還說不上來為什麼，但我突然不那麼討厭這堂早八的課了。

　　我慵懶地用手撐著臉頰，靠在桌上，視線不自然地固定在她的右前方，卻無法控制時不時地偷瞄她的背影。

　　教室裡的綠色窗簾被風揚起，陽光在窗戶和窗簾之間玩著捉迷藏，偶爾灑進一些光線在她淺咖啡色的髮尾上，像是在跳舞，她髮絲間的光影突然變得活潑起來。
　　老師宛如誦念咒語的教課聲逐漸轉成靜音，日光在她臉上布下一層光暈，我終於看清了她的模樣。

　　說不上是個走在街頭會被星探挖掘的正妹，但她的笑容裡卻能看到一股自然，一種讓人也跟著微笑的美好，就像綻放在盛夏的小花，美麗卻又熱情。風揚起窗簾，她的髮絲也跟著飛舞，遮住她的臉。

班上不乏受到其他科系同學討論的正妹，卻沒有一位和眼前的她一樣，給我一種笑容走進心裡，並深深烙印的感覺。

　　也許多年後，我會忘記這堂課的所有細節，但她第一次出現在我面前的情景，在綠色窗簾和清晨光影之間的美好印象，會是我一生的記憶。

　　畫面如此美好，她的笑容偶爾隨著嘴角漾滿整張臉，在因為逆光而透著金黃色的髮絲襯托下，清新得讓人覺得無比可愛。

　　雖然我討厭化學課，時間又是早八，卻有可愛的女孩一起上課，煩躁的心情稍微因此沖淡，我竟想著：下禮拜上課時，若還能看見她，倒也不錯。

又是週三清晨，這天鬧鐘還來不及鈴聲大作，我便已睜眼。站在衣櫃前想了許久，換上一件襯衫後便衝出門，離開前，我瞥見室友疑惑的眼神。

　　我提早抵達教室門口，心中盤算著：故意晚一點進教室，順其自然地坐到她後面的座位，再找機會聊上幾句，配上早八的美好日光，創造與她第一次的美好互動。
　　不過當我一踏進教室，差點失落地大叫出聲。計畫失敗！
　　她後面坐著班代，我只能坐在班代後面。

　　班代的背影簡直就像一座高山，阻擋在我和她之間，巨大地難以跨越。
　　也許是心理作用，又或是我對她真的有什麼特殊的感覺，明明很快就跟班上其他同學變得熟識，偏偏想認識她，還得翻過眼前這座「山頭」，格外艱辛。

　　不過好險，班代是個很好聊的人。
　　盤算著等會下課時，找機會和班代聊天，再假裝自然地把她拉進來，讓彼此建立交集！

於是我不斷看手表，倒數著下課時間。

九月的臺中還有點熱，教室的冷氣轟轟作響。

臺上的老師正努力講解生活中的化學應用，可惜並沒有教會我，和她之間的關係要怎樣才能產生化學變化。

雖然不認為自己喜歡她——畢竟連話都還沒說過，談喜歡太膚淺，又太不切實際。

但那一天陽光灑在她臉上的畫面，已經深刻地烙印在心底，那種感覺有點迷幻，讓我就像被催眠似地想進一步認識她。或許認識她之後，我們就能有一些化學變化，這讓我本能地想再多了解她一點。

我開始想著，我和她之間的這道化學式，如果在我這邊多加一點反應物質，或許是有趣、幽默，有沒有可能使化學式的另一端產生變化？

白日夢做到一半，就被下課鐘聲打斷。

想抓住機會聊天，但還沒開口，班代就起身和她離開座位，計畫再度失敗。情緒還來不及感到悔恨，只能乾瞪著眼，看她們走出教室。

闔上課本，無奈之下，走出教室晃晃，想上個廁所解悶。

沒想到走出洗手間，竟在走廊遇到她。

我用近乎反射的速度打招呼：「嗨！」
腦袋還來不及銜接下一句該說的話，只感覺心跳加快，莫名緊張，就這樣安靜了一秒鐘。

「嗨！我們是同學吧？」她笑了一下，淡淡的，卻也不知不覺在我心裡定格成無法忘記、美好的週三早晨記憶。

「是呀，之前上課有看到妳！」我趕緊接話，好險她拋過來的是問句。
就這樣搭著普通到不行的對話，沒有剛剛設想的有趣或幽默，邊走邊聊。

直到走進教室，看著她回到前方的座位上，馬尾晃啊晃的，像在跳舞。
教室裡的窗簾拉了起來，比起外頭的晴天，有些昏暗。也許是因為早起還未睡飽，剛剛的對話就像一場白日夢。

我反覆回想著和她在走廊的聊天內容，簡單中帶點陌生。原來她因

為家裡有事，開學之後才來學校，難怪當初班代雖然跟她站在一起，我卻不知道她跟我其實是同班同學。

　　我挪了挪身體，喬了一個不會因班代遮擋住而能看見她的位置。我不太記得老師上課說了些什麼，卻記得她的保溫瓶是紅色的，很小一瓶，習慣放在桌子左上角，因為她是左撇子。這些細節顯得如此輕巧又美好。

　　就這樣，我們成了會在中堂下課時打招呼的同學，卻說不上有什麼進一步的認識。直到兩個月後的某個星期三，那天班代竟然沒來上課，我和她之間於是只剩一個空位的距離。

　　整堂課都心不在焉，腦袋裡不斷冒出各式各樣的假設，但其實都環繞在同一個問題上。

　　「我有沒有機會約她一起吃早餐？」

　　但還沒想出答案——兩個小時的課堂顯然不夠用，老師便已宣布下課。

　　站在教室外的樓梯，我正懊悔著自己的猶豫和膽小，卻又看見她從走廊另一頭走近，看來是上完洗手間後，準備要回宿舍吧。

　　她的逐漸靠近就像慢動作影片播放，一步又一步，準備踏進我的心

中，我卻不知道如何應對。

　　隨著步履聲迴盪，我感受到自己的心跳聲同樣轟隆大作。

　　「Hi，妳要回宿舍了喔？」就這樣，不知道打哪來的勇氣，我脫口
而出。

　　勇氣是瞬間的，在擔憂和害怕升高到極致時，如果對目標有強烈的
執著，有時候不一定是來自腦海的意識，而是在那瞬間反射性地帶領
自己衝破極限。

　　而我想，希望有機會跟她好好聊聊天的執著，已讓我擁有衝破現狀
的勇氣。

　　我上前打了招呼。她回頭，馬尾也跟著繞了一圈。「對啊，順便買
早餐回去吃！」

　　我們一起走下樓梯，簡直就跟做夢一樣，竟然可以與她並肩走著。

　　走出教學大樓外，她指著女宿方向。「那我先回宿舍囉！要起個大
早來上課，我的腦袋還沒醒過來，頭好痛，快爆炸了！」

　　學校的男女生宿舍距離很遠，分別在校區的兩頭，這下不可能跟她

說「順路一起回宿舍」了。

但看著即將轉身又再次離開的她，心情不知為何莫名激動起來。儘管只是並肩走一段路，但我能感受到心臟在胸口強力跳動。

「我跟妳一起走吧！今天想去女宿買早餐！聽說大熊早餐店很好吃？」一不做二不休，我繼續展開話題。

「對啊！大熊的奶茶超好喝，我也推薦它的蛋餅！」她回答，連眼睛也跟著一起笑。她的眼睛雖然小小的，卻是會跟著嘴角一起微笑的那種；微笑的眼睛，是會勾人的。

十點的空氣對晚起的大學生來說，還留有一點早晨的新鮮。我和她穿過學校中央的湖泊，太陽早已起床，來到過半角度的天空，湖面的水紋波光瀲瀲。

湖畔有些不怕人的鵝，慵懶地享受寒冷季節裡的一絲溫暖。我和她的影子在樹影間若隱若現，學校終於開始有些人潮，好像天氣一冷，一天開始的時間也跟著變晚。

「上次化學期中考，妳考得怎樣啊？」我努力找尋我們僅存的共同

話題。

「超難的！我高中讀文組，根本不會；不過班代說她高中念的是自然組，對她來說這些都是很基本的，超佩服她！」

她的個子不高，說話時眼珠轉啊轉的，在她帶著笑的眼裡，似乎身邊的人和景色都是美好的，都能令她開心。

湖畔的鵝忽然大叫一聲，朝我們跑來，張開翅膀的樣子，可說氣勢萬鈞。

「啊！救命！」她露出非常害怕的樣子，用盡全力大叫，拚命跑開，鵝還來不及叫第三聲，她已奔離湖邊。

我趕緊追上去問：「妳沒事吧？」

她一臉尷尬，笑容凍結在臉上。「對……對不起，太可怕了啦，哈哈！之前聽說牠們會攻擊人！我怕會被吃掉！」

「哈哈哈哈……我也有聽說，沒想到這麼凶猛！」我們相視大笑，繞了更遠的路，往女宿方向走去。

冬天的太陽，在寒冷並因此有點稀薄的空氣中更顯溫暖。

這段路程舒服且愜意，我小心翼翼地保持著適當的距離，卻又不免因為偶然出現的擦肩心跳加快。

女宿快到了，睡意也漸漸退去，意味著這如夢一般的早晨終於要清醒。

　　第一次和她「正式」聊天，讓這個早晨變得太美好，彷彿世界都鋪上了金色的光暈。直到女宿門口，這層美妙的濾鏡才因結束對話的時刻即將來臨，轉變成冬天蕭瑟的顏色。
　　雖然我們並不是情侶，不會在女宿門口上演十八相送的戲碼，但我內心仍捨不得和她分開。

「那我先進去囉！你趕快去買早餐吧！」她在門口說著，原先還期待她會和我一起去，即使多二十分鐘的相處時間也好，但她終究轉身走進宿舍。

我還是不知道自己是不是喜歡她，畢竟沒太多相處，談喜歡，似乎還太早了些。

但我很清楚，自己想更認識她多一些，想與她有更多機會聊天。我不清楚自己的心意，卻知道她已成為無法不在意的對象。

我知道，她上課時，總是盯著前座發愣，和班代聊天時會咯咯笑，而我也因為那次早晨散步，拿到了和她閒聊的門票。

記得有次和她及班代聊天時，一陣沉默突如其來，我在不知如何應對的情況下忽然開口。

「嘿，妳的二頭肌好大！」話一出口，我才意識到這不像是稱讚女生的話。我馬上低著頭，不敢直視她。讀了三年男校，果然也跟著耳濡目染，就算對方是女生，也都用男生的方式來稱讚。

班代驚訝地看著我，她則慢慢轉過頭，舉起手臂、比出大力士的樣子，笑著說：「對啊，我高中的時候倒垃圾，可以一手提很大一袋耶！」她擺了擺頭，腦後的馬尾也跟著晃了一下。接著她手臂用力，

有些得意地說：「你看！」

　　我不太有辦法專注看她的二頭肌，只能著迷於她可愛的模樣，無法分心。

　　她一笑，小小的眼睛就會瞇起來；雖然變成瞇瞇眼，但眼眸裡閃爍的光芒又會讓其他人也跟著一起笑。我以為她會嫌棄我怎麼這樣講話，沒想到她的回應和預期差距太大，這般反差瞬間勾住我的心。

　　就像有人來敲我心裡的一道門，發出叩叩的聲響，而我從門縫向外看，是她洋溢著笑容的臉。

　　喜歡一個人是什麼感覺呢？那些在意和想更進一步的互動，是否都是滿足「喜歡一個人」的條件？

　　每次看到她在初醒的晨光裡瞇著眼睛笑的樣子，以及那次散步時，她對身邊人事物的可愛反應，都讓我覺得如此美好。她不只外表可愛，還有從那嬌小身材難以想像、對世界充滿熱情的眼神。我想知道，如果能和她到世界更多地方，她是否也帶給我不一樣的人生。

　　我想像自己和她騎著機車，到清境農場眺望眼前的綠葉朝露和遠方

的雲海日出；想像與她在產業道路上迷途，卻能因她對世界的滿滿好奇，讓我不再害怕陌生的道路。

某種感覺在心底萌芽，如同每日早晨初醒般，對生命充滿期待。

不再對生活感到厭惡和無奈，而能充滿朝氣地迎接每一天開始。

喜歡一個人是什麼感覺呢？或許喜歡本就是一種無法清晰形容的感受，但我想，喜歡一個人能讓人充滿勇氣，即使要起身面對全世界的挑戰，即使明知道會遍體鱗傷，也不會害怕。

這股勇氣，讓我終於在學期末將近的某個週三清晨，證明了自己的喜歡。

那天是化學期末考，班代提早交卷、回宿舍準備必修課期末考，教室最後只剩下我和她。

冬日清晨，陽光灑在身上甚是暖和，一如她滿心期待寒假到來的笑容。

我看著她，通識課就要結束，不知道之後還有沒有機會相處。

我收拾文具，把東西放進背包，所有動作都拆解成更細的步驟，不想太快結束這可說是最後能和她同在一個空間的時刻。

拎起包包，我們並肩走出教室；分離，就在走廊末端等著我們。

「嘿。」我開口了。

走在我前方的她轉過頭，見我停下腳步，而她的招牌馬尾也在轉身的同時在空中畫出漂亮的弧度。

「怎麼啦？」她問，頭還因為轉身而歪向一邊，可愛的身影讓我怦然心動。

怦動。

「妳好，我就讀行銷系，來自臺南，今年十九歲，喜歡看電影，請問我能邀妳一起去看個電影嗎？」我幾乎是一口氣說完這句話。空氣在這瞬間凝結，她看著我，有點小吃驚。

「這是什麼奇怪的臺詞呀？」她笑了笑，淺淺的那種。

我有些失落，對自己的衝動感到懊悔。

「你好，好巧！我也是行銷系的喔！來自臺北，今年一樣十九歲，電影嘛⋯⋯不會說是我的第一興趣啦⋯⋯」她拉長語尾。

「哈哈哈，沒有啦沒關係，不用放在心上。」我努力想找個臺階下，但來不及了，我覺得自己除了臉龐，連耳根都漲紅。

　　　　　　　　　　　　　　　　　　　　2　如朝晨初醒

「要聽人家把話說完——」她雙手扠腰。

「但我也可以跟你一起看個電影！」她說完後，大大的笑容在臉上乍然綻放。

冬日的朝陽攀上走廊，光影映照著眼前的世界，一切都變得立體起來。在這個週三早晨，我心底有股淡淡的甜油然而生，耳際像是響起歡樂的吉他和弦，而她在我眼前笑得開心，連眼睛都瞇了起來，也帶出我的笑容。

喜歡一個人，要有足夠的勇氣，有勇氣上前說說話，有勇氣面對開口後的結果。

但還要有更多勇氣面對自己的心意，面對接下來的日子和難關，而這些日子和難關都還是一片未知。

但我們總會被這股勇敢驅使，即使未知和恐懼，只要有足夠的喜歡，就會有足夠的勇氣。

夠讓我們跨出第一步，啟程走上一段屬於彼此的路。

故事發生在一天的最開始，眼前的空氣和光線都帶著早晨的新鮮。
情感萌芽。

2 如朝晨初醒

第一支舞

此時我倆的距離只剩下開口，我從營火這頭走過，來到聽得見彼此呼吸的咫尺。

她看著我，火光在她臉上反射，閃耀成眼裡的花火，青春正在綻放

在學校大草坪上，清晨的陽光從天空灑落於枝葉間，接著攀上我們這群大一新生才剛醒來的肩上，空氣仍因早晨的初始而清新著。

迎新宿營。升大學的那個暑假，就聽聞學長姊說，這是大一新生必參加的活動。脫離高中那種每天八點到校，晚上九點補習結束回到家的規律生活後，成為大學生的我們終於知道，生活還有這麼多不同的事物可以探索，連學生自己舉辦的活動，都是制服時代無法想像的盛大。

宿營第二天早上，原先還有些陌生的同學們，已經因為前一天白天的大地遊戲和晚上的夜教探險，熟悉到可以打鬧的程度。所有人分成七個小隊，和我同一隊的，還有一名同寢室的室友，他正和其他同學熱烈討論第二小隊的班花，看誰才有辦法在晚上的營火晚會兼舞會約到班花跳〈第一支舞〉。

　　　　　　　　　　　　　　　　　　　　　　2　如朝晨初醒

〈第一支舞〉，沒想到這首比在場所有人都還老的歌，可以從還需要放錄音帶和音響才能跳舞的日子，流傳到只要一支手機接上喇叭就能重複播放的時代。

　　早操結束後，學長姊說要先練習跳〈第一支舞〉，這樣才能讓大家在今晚的晚會主動邀請其他人跳舞。

　　我們第五小隊剛好被分配和第二小隊一起練習。身旁的室友正散發出強烈卻又無法表露的竊喜，他盤算著等會要用什麼方法才能和班花一起跳舞。

　　而我只是在遠方默默看著另一位女孩，個頭小小，眼睛也小小的，陽光攀上她束起來的淺咖啡色髮尾。她正和身邊的室友聊著天，時不時地大笑，或手腳並用地大概在說著什麼滑稽的故事。

　　早晨的空氣有股新鮮的味道，說不上來，就是令人舒服，深吸進鼻腔，整個人都清爽起來。

　　我們都才剛醒，陽光照耀在校園裡，翠綠的新葉正萌芽，粉紅色的花朵綻放在藍天下，花香洋溢，而我的視線離不開她，她的笑容對我而言有種魔力。

　　室友推了推我的手臂，「等等看我的！」他歪嘴笑了一下，不祥的

預感油然而生，畢竟室友們知道我特別在意她。

在學長姊的帶領下，大家開始練習舞步。很簡單，動作基本上就是照著歌詞所說的做。小隊輔看了看手表，發現還有十分鐘才要集合，便問大家有沒有人自願上來示範。

室友馬上舉手，接著上前邀請班花共舞，全場一片鼓譟，大家拍手叫好。學長姊笑著看我們起鬨，也笑著我們的青澀。

「那你們想找誰上來陪你們跳？」學長姊又問了室友，他轉過頭看向我，笑得更歪了。

「他……」室友拉長語

2 如朝晨初醒

尾，我感到一股莫名的擔憂，心裡還盤算著室友該不會要腦衝，沒想到下一秒他就脫口而出：

　　「還有第四排那位穿綠色針織外套的女生！」果然，室友這笑容真的不單純。

　　我的臉立刻變得燙紅。看看她，臉上是一如既往令我傾倒的笑容，分不清是禮貌的微笑，還是和我一樣，也有點害羞。

兩個小隊的同學都盯著我倆。我慢慢起身，走出人群，眼角瞥向她，她還坐在原地。

　　心頭一揪，已站在人群中央的我，清晨的陽光斜射進眼裡，視線所及全是一片光亮。

　　我看不太清楚底下的人群為何鼓動，一個人影，走進了這片光。

　　人影十分嬌小，隨著距離越來越近，我感受心臟猛烈跳動。

　　像是在做夢，眼前的畫面過於夢幻，不太真實。

　　就像那天初見面，她便走進我的世界一樣，可愛的氣質讓我無法自拔，和她聊天時感受到的純真自然，更令我難以忘懷。

她總喜歡笑得滿開，讓臉頰上的蘋果肌推向小小的眼睛，於是她的眼睛瞇了起來，跟著笑容一起笑著，這般模樣總能笑進我心底深處，令我魂牽夢縈。

　　恍惚之間，〈第一支舞〉的音樂悠揚地響起。雖然是早上，但身邊的場景突然間變得都黯淡，只有眼前的人影被和煦的陽光籠罩。
　　她站在我身前，有些不好意思地笑著。她小小的臉龐被光照亮了一半，那側臉為世界增添了一股綺麗的神祕感。

　　前奏音樂有女聲哼唱，我們腳步左右交錯，彼此的距離近到足以感受到我緊張的呼吸。眼神雖隨著腳步左右移動，但餘光仍牢牢固定在她有點發紅的臉龐。

　　「帶著笑容，你走向我，做個邀請的動作」
　　主歌很快進來，跟著旋律，我的雙手在臉上畫出個笑容，她看著我，也做了同樣的動作。我們終於四目相交，她笑了笑，如同歌詞一般，帶著笑容，我們走近彼此。

　　「我不知道應該說什麼，只覺雙腳在發抖」
　　彎下腰，抖動雙手和雙腳，以掩飾我內心的緊張。弦樂勾勒出浪漫

的氛圍，心動的感覺彷彿千絲萬縷，漸漸纏繞住我。她的心，是否也能化成情絲與我纏繞？

「音樂正悠揚人婆娑，我卻只覺臉兒紅透」

我們雙手張開，各自往前踏了一步，再側身交錯。我終於跨過彼此之間僅剩的距離，感受到她喜歡穿的寬鬆衣物因舞步而揚起的飄逸。我不敢看她，我想自己的臉應該早已紅透。

「隨著不斷加快的心跳，踩著沒有節奏的節奏」

羞紅的臉龐，接著感受到的便是心臟的鼓動。隨著突然拉近的距離，心猛烈地跳著，此時的舞步往左前方和右前方交錯踏著，耳裡就快聽不到音樂，只有心跳聲越來越響。

「鼓起勇氣低下頭，卻又不敢對你說，曾經見過的女孩中，你是最美的一個」

想起第一次見面時，陽光灑落在教室裡的情景。她或許不是世界上最美的女孩，卻是能將笑容放進我心裡的天使。

主歌結束，副歌終於開始。

「要是能就這樣挽著你手，從現在開始到最後一首」

　　她將手放在身前，下一步就是要牽起她的手。那一刻，我的世界突然靜止，如果是電影運鏡的話，我想讓此刻所有視線都以那雙陽光下透著亮的手為中心而旋轉。我有點顫抖地伸出手，牽起她小小的、讓人忍不住想牢牢握著、仔細保護的手。

「只要不嫌我舞步笨拙，你是唯一的選擇」

　　我將她拉近，彼此的肩膀輕輕摩擦，只有不到一秒的瞬間，在太美的光線和音樂下，幻化成浪漫爆表的慢動作。

　　我將手舉高，她順勢轉了圈，兩人再度面對面，笑容也一變而為優雅。她的手不大，握在手裡就像是牽起整個世界似的。剛剛被室友這麼一亂喊，說不定她已能猜到我的心意？

　　但我讀不出她的情緒，只感覺到一點點羞怯，也只看得到那一貫令我魂牽夢縈的笑容。

　　如果她有回應，說不定我也會有點不好意思吧？

　　我不知道。副歌又繼續進行，我和她的距離越來越近，從剛剛輕輕相碰的肩膀，到自然地牽起對方的手，她流暢地轉圈，並優雅地讓我扶著她。

要是把鏡頭拉遠，彷彿可以看見周遭的背景都是一片黑，我在魔幻的空間裡，擁有片刻突如其來的幸福，而這幸福來得如此夢幻。她轉圈時隨之飛揚的馬尾，輕輕撫過我的臉頰，此時此刻，世界只有我和她。

　　「要是能就這樣挽著你手，從現在開始到最後一首」
　　副歌重複播放，我身高並不高，但她的個子更是嬌小，剛好可以用美妙的身高差詮釋這段旋轉的舞步，也因為這個身高差，我希望自己有一天能替她撐住她的世界。

　　「要是能就這樣挽著你手，從現在開始到最後一首」
　　我低著頭，看她一下子專心踩舞步，一下子因為轉圈失誤而露出傻笑，在她的世界裡，好像很多事情都可以讓她展開笑容，只是不知道我能讓她開心幾次？不用太多，但至少一次也好，希望她能記住自己因為我而露出笑容的過程。

　　「要是能就這樣挽著你手，從現在開始到最後一首」
　　音樂越來越激昂，音量越來越大，不知道轉了第幾圈，好想就這樣轉啊轉，轉得頭暈了，轉得世界失去方向了，而我仍能看清她所在的方位，將她擁入懷中。

「只要不嫌我舞步笨拙，你是唯一的選擇」

　　最後一個舞步是我牽著她的手，她單腳站立，緩緩將身子往後靠，我則撐住她的身體。音樂終於漸慢，最後淡出，像是夢終有要結束的一刻。

　　學長姊請大家熱烈鼓掌的歡呼聲打破這夢幻的氛圍。同學們爆出掌聲，她轉過頭，微笑，然後輕輕點頭示意，我不知道是禮貌還是謝謝的意思，最後她回到人群裡，我則看著她的背影，看著搖晃的馬尾消失在眼前。

　　我恍惚地回到隊伍中，其他男生立刻圍住我和室友。
　　「賺到了！」「你們也太爽了吧！」這大概是所有男生的結論。

　　那一天，我們沒有機會再相遇，所以我也無法知道跳完舞後的她，是不是已經知道我的心意。心裡有無數的疑惑和擔憂，卻沒有任何一個可以獲得解答，甚至會像是無性繁殖般，一個問題衍生出更多問題。

　　我只好在腦中不斷複習剛剛跳舞時的每一個畫面，把歌曲的每一秒都切割出來，多想從她的笑容裡找到一點資訊，找到任何一點可能與

她更近一步的機會。

　直到終於來到正式的晚會，這次的迎新宿營辦得還滿有新意，讓晚會和舞會結合，不再只是單調地看表演，而是讓新生同時期待著待會的舞會。有別於一般營隊跳〈第一支舞〉的方式，屆時音樂會不斷重複播放，場邊還有飲料和點心可以隨意取用，場中央則留給想跳舞的人。

　室友在早上搶得先機，於是鼓起勇氣又跑向班花，接著，我聽到遠方傳來一聲彷彿獲得世界大戰勝利一般的歡呼大吼，不用看也知道，他成功邀約到班花共舞。

　學長姊在場中央點燃浪漫的煙花，發出啪滋啪滋的聲響，全場一片驚呼，伴隨著四射的火光向上竄升，在黑夜的天空中燃起點點星光。隨著悠揚的樂聲響起，空氣中開始浮現浪漫和些許曖昧的氛圍，有些男女在場中央互相凝望，當然也有些男生正搞笑地和其他男生自嘲著沒舞伴、跳著誇大的動作。

　她在煙花的另一端，手裡端著餅乾，平時圍繞在身旁的好友已在場中跳舞，但她只是安靜地站著，似乎沒有想跳舞的想法。既然早上已

經一起跳過了，現在對方並沒有上前邀約，那我應該也沒機會了吧。

隔著營火，她的影子被拉得長長的，直到隱沒在會場以外的黑夜裡，就像她難以猜透的心思。

忽然，她轉過頭，與我對上眼，我來不及閃開，兩人就這樣四目相交。

她歪著頭，對我笑了一下。這個瞬間，我的世界開始傾倒，彷彿失重般往她那頭跌落。

「要是能就這樣挽著你手，從現在開始到最後一首」

歌詞唱到這，就像唱出我的心聲──如果能就這樣牽起她的手。

如果現在開口邀約，至少還有一首歌的時間。

我不知道那頭的她在想什麼，但我漸漸邁開腳步，因為我的世界早就傾斜，我注定跌入她的笑容裡。

「帶著笑容，你走向我，做個邀請的動作」

我站在她面前，只剩這首歌的時間，晚會就要結束。

會場的夜晚因煙火而美麗，而她的笑容之於我，則如同夜晚這塊黑幕上閃亮的月；銀白色月光溫柔灑向我內心深處，一如她的笑容進駐我的腦海。

此時我倆的距離只剩下開口，我從營火這頭走過，來到聽得見彼此呼吸的咫尺。

她看著我，火光在她臉上反射，閃耀成眼中的花火，青春正在綻放。

在這片布滿星星的夜裡，跳上一首生命裡因為青春，於是將成為不朽的樂章。

*注：〈第一支舞〉為葉佳修作詞作曲。

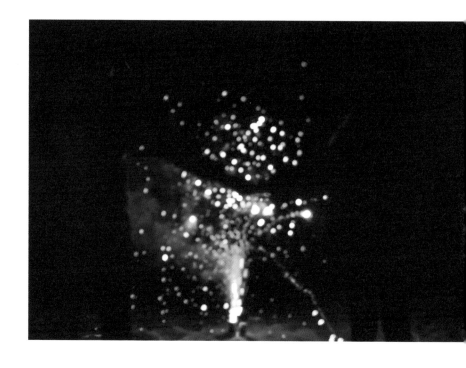

　　　　　　　　　　　　　　　　　　　　　2　如朝晨初醒

THE MOMENT

默默

女孩，請原諒我只能從背後偷偷拍下妳的背影。

那天的陽光正好，朝晨的湖面平靜地映照出山峰，偶爾風吹過，撥亂如鏡面的倒影。

女孩，我相信每個男孩的相簿裡，都會有一張女孩的背影。

距離近得就像是可以撥撥妳的髮絲，卻也遠到還無法牽起妳的手。

我還沒有足夠的勇氣，承受說出口之後或許要面對的失去。

只好讓這次出遊的美麗風景，替我說出想給妳的美好。

可惜，從這些背影，我無法知道妳是否在笑。

是否會因為我們聊天的內容而開心，是否會因為一起看了風景而滿足地笑。

更可惜的是，我始終無法知道妳的心。

於是我只會是一個，默默走在身後的男孩。

看妳玩路邊的蒲公英，說要讓它們飛翔去找家，看妳走路時常常被自己絆到。

希望有一天，妳會看見這張照片。

知道我默默在妳身後一路走來的心意。

希望有一天，我擁有美麗的勇氣。

讓妳知道，每張照片的心跳和意義。

3

如正午熱烈

和妳飛向世界的角落冒險

幸福的模樣原來都是一樣的。因為都一樣，
於是幸福的模樣其實很純粹簡單。
那便是妳眼中有我，而我眼裡也有妳。

引擎的轟隆聲在耳底迴盪，半夢半醒間，打著螺旋槳的小飛機已來到這座原始小島的高空。

　　這並不是一座國際航班可以直達的小島。啟程前便打聽到這裡沒有太多商業氣息，還保有熱帶小島原始的樣貌。

　　歷經十二小時、從等待到飛行接著轉機，此時眼底的一片湛藍，像是一趟史詩冒險的場景。海岸透著漸層，從岸邊的淺綠延伸到大海的深藍，讓這座島嶼彷彿坐落於仙境。精神則因為長途飛行和疲憊的轉機等待而恍惚，一時之間分不清眼前的景色是夢還是現實。

　　肩膀忽然有種被重物壓上的感覺，熟睡著的她倒在我肩上，髮尾扎著我的臉，這才讓我意識到這不是夢，而她的側臉表情安穩，不知做著怎樣的美夢，嘴角還微微揚起。和那張在綠色窗簾邊初見時的笑顏相互輝映，再次深深烙印在心底。

　　大學畢業後，我們終於可以一起飛行在無邊際的藍天裡，一起擁抱全世界，再從讓人沉溺的藍色航道向下，鑽進世界的角落。

　　還記得那堂無聊的化學通識課，還記得綠色窗簾旁妳的側臉，還記得那次清晨一起在校園散步。揮別當時青澀的歲月，我們都已是所謂的「社會人士」，半年前決定，為了犒賞彼此工作的辛勞而計畫了一

趟遠行。

　　工作後，生活不可避免地與學生時代有了越來越大的差異，單純因眼前事物而開心大笑的次數，也逐漸減少。

　　總要擔心自己的表現是否如主管預期、擔心自己的薪水和收入是否無法負荷支出，開始對每件事情斤斤計較，心情也總有種渾濁的不適感，像是原本澄澈得能清晰看見自己樣貌的湖面，因「社會化」的浸染而變得模糊。

降落在小型機場，身旁有著原始的山林環抱，熱帶國家的正午，高溫全力放送中。剛歷經長達十二小時的飛行，腳踏在土地上，還覺得有點不真實。原始小島的機場，當然沒有便利的空橋，飛機一停妥，一座連絡梯就靠了過來。走在機場跑道上，眼前是小到幾乎讓人誤以為是紀念品店的航廈。

　　她一馬當先往前衝，因炎熱而束起的招牌馬尾在我眼前上下晃動。她轉過頭，瞇起眼睛笑。

　　「終於到了！好開心喔！網路上看到的照片變成真的了！」看來剛剛的美夢已經讓她擁有十足的電力。我拿起手裡的相機替她拍下這一刻，相片裡，她的眼神透著光，而她的視線，就是我的遠方。

　　行李提領區當然也沒有輸送帶，由工作人員一一叫號領取，她站在人群後排，因為個子不高，只能踮起腳尖，探頭探腦的身影一樣可愛到不行。

　　拿了行李，搭上當地飯店的接駁車，一駛離機場，眼前所見便是一片原始山丘，和上下顛簸的泥土路。

　　她趴在車窗上，正午的豔陽為眼前的山坡塗上一層飽和的暖橘色。不知道在當地人們的生活裡，能否看見其他的風景，但對來自遠方的

旅人而言，他們習以為常的景色，卻是讓我們讚嘆連連的美景。

　　她轉過頭，看著我，露出滿足的笑容，滿足到幾乎有點癡傻，癡傻
得可愛。我又怎麼可能不愛上她的笑容？

　　「真的好美喔——」她拖長語尾，我能感受到她的情緒已如外頭奔
放的太陽般熱情。「謝謝你陪我到這麼遠的地方來，好開心是你陪我
一起來！」

　　我以微笑回應。一起遠離原生國家，來到尚未被挖掘的世界角落，
此時的我和她彷彿是征服世界的冒險家，而能與她一起征服世界，也
就等於一起擁有了全世界。

在飯店放好行李後，坐上嘟嘟車來到市區。東南亞的配色飽和度都很高，店家布置五顏六色。這裡幾乎只見當地人和歐美遊客，鮮少看到臺灣、日韓，甚至是中國的遊客。

　　於是這裡的所有景色和人物顯得更加陌生。在陌生的環境裡，身旁的她成為唯一的熟悉，這似乎又讓彼此的連結變得更緊密，心情雖因眼前陌生卻新鮮的景色而激動，卻也因這些並不熟悉的一切，於是將身旁熟悉的人，襯托得更特別。

　　此時，彼此都是這個世界裡唯一的寄託。

　　飯後，我們在市區閒晃，看到碼頭旁有座球場，孩子們正光著腳丫打籃球，這樣的景色在臺灣幾乎已經消失。我和她對望著。

　　「真的好有探險的感覺喔！」我們一同脫口而出，然後一起大笑，背景的陽光將我倆瞇起眼睛相視而笑的景色曬成一片金黃，曬得美麗非常。

　　這次旅程共有五天，明後兩天都會安排出海，最後兩天則會待在更遠的無人島飯店上，也算是這次旅行的重頭戲。已經來到菲律賓的離島了，而我們還要再前往離島的離島。

　　把自己丟進世界的角落躲起來，只剩彼此相伴。

　找好第三天的船家，我們準備步行前往十字架山，是當地的制高點。有趣的是，階梯共有七百級，而石階上還能隱約看到淡淡的數字，計算現在走到第幾階。

　時間已來到傍晚，斜陽就在身後，將彼此並肩走著的影子拖曳得長長的。登頂後，有座可供觀景的小平臺，純樸的小鎮依著碼頭，偶爾還會看見小船在海上畫出紋路，波紋在夕陽的斜射下閃耀著金光。浪漫的色彩將我倆籠罩，遠方海上的山和礁岩正是明後兩天的景點。

　以往只有在電影裡能看見的場景，此時竟活生生映入眼簾。探索世界、體驗生活，應該才是生命最美好的事吧，而能與身旁的人一起做這件事，簡直就是奢侈。如今我倆一起看著時間推移，漸漸將太陽推下山，影子的角度刻畫出時間的足跡，過分美好的奢侈成真，幸福到

顯得有點不真實。

　　忽然，身後有人開始鼓譟，轉頭望去，看見廣場中央有群年輕男女站成一排，全都面向要爬上廣場的階梯，有名男子站在那排人前面，還捧著花。

　　身旁的她眼睛發亮，咚咚咚地跳到那群人旁邊，轉過頭，大力揮手示意要我過去。我一走近，才發現那些人手上都拿著字母造型的氣球——「MARRY ME」。

　　「天啊啊啊啊啊，竟然遇到有人求婚，好幸運喔！」她一股勁地傻笑，幸福的氛圍頓時滿盈，我牽起她的手，感覺她回握得比平常更用力些，目光卻直勾勾地看著遠方。我們靜靜地跟著男主角等待接下來要發生的幸運。

　　　　　　　　　　　　　　　　　3　如正午熱烈

片刻後，樓梯那頭出現一位女子的身影。此時，男主角上前，單膝下跪，女子發出一聲驚呼，眼角幾乎同時浮現淚光。後排的「求婚小隊」用當地的語言唱起歌，接著，緩緩地，男主角從口袋拿出戒指，說出求婚的臺詞，女子一手捂著嘴，不住地點頭。

　　我聽不懂他們的語言，卻能聽懂他們的幸福，彷彿連攀上肩頭的熱帶豔陽都跟著舒適了起來，那氛圍足以令人沉醉其中。或許我們的國籍或文化都不相同，但無論走到哪裡，愛情卻都是一樣的。

　　幸福的模樣原來也都是一樣的。因為都一樣，於是幸福的模樣，其實很純粹簡單。
　　那便是妳眼中有我，而我眼裡也有妳。

　　我轉頭看看她，見她微笑著看著這一切。因為逆光的緣故，我無法很清晰地看見她的眼角，無法辨識那是因為夕陽的折射，或是承接著淚的緣故。

　　「好幸福喔，我們也會這麼幸福吧？」她說著，仍看著廣場。我鬆開手，將她摟入懷中，輕輕在她臉上留下一吻。
　　十字架山，在當地最高的地方，或許就能得到天的祝福吧。人們都會幸福的。

和妳深入世界的角落冒險

如果大聲說「愛妳」是浪漫和幸福，那此刻的相擁，
便是無法用口語訴說，卻已將彼此交付對方手中的
愛的具象化。

　　隔日起了大早，便出發前往碼頭，今天的行程是在臺灣就訂好的套裝行程，報到後便上了船。整船也就我們是臺灣人，其他大多來自歐美，還有零星幾位菲律賓遊客。

　　船緩緩駛離，終於，我們奔向無邊際的藍；終於，要踏進科隆島的美。

　　我們就這樣，陷入一片我此生未見、也或許將是這輩子最難以忘懷的美景。這裡的海藍得不需要濾鏡，就已太過飽和；海上偶爾出現小島或一顆礁岩，讓周圍的海水變成稍淺的藍色。

　　像是藝術家精心調製過的顏料，呈現柔和而完美的漸層。

　　我坐在她前面，眼角餘光瞥見風牽起她的長髮，在空中跳舞；在她凝視著遠處的眼裡，有我在她的視線前方。早上的行程主要是讓我們玩玩水，適應一下水性，中午便前往小島用餐。

　　這座小島很特別，看來是特地為觀光客騰出一小塊沙灘，蓋了幾間草屋，讓遊客可以遮蔭兼用餐。這時才發現，科隆島幾乎看不太到過於人工的東西，即使是螃蟹船，旁邊的支架也都是木頭搭建，而非塑膠加工。

用餐後，便準備前往今天最重要的景點——凱央根鏡湖。船夫站在船頭，船的速度很快，風從他兩旁奔馳而過，雖然浪有些大、有些顛簸，但船夫仍站得直挺挺的，面向無垠大海。或許人類會在面對大自然時感到自身的渺小，但我卻從他的背影看到，即使自身渺小是事實，仍舊無畏挺立的勇氣。

船的速度慢下來了。身旁的她抓著我的手，雙腳不停抖動，臉上的表情已經溢出過多的興奮。

「要到了要到了！好期待啊！」此時，眼前開始浮現一層又一層小岩山，隨著船繼續向前，視線所及也像撥開眼前的面紗般，看著礁岩一一往兩旁退開，心裡的期待滿到快要漫出來。船的引擎聲逐漸變小，人聲也跟著安靜下來。

拐了幾個彎，終於抵達凱央根鏡湖的入口。

它隱藏在天然的礁岩群中，我們隨著木頭搭建而成的階梯拾級而上，終於抵達觀景處。回頭一望，我不禁大聲驚呼。

剛剛還穿梭其中的曲折水路就這樣在眼前展開來。我還無法相信，眼前的景色竟然跟網路上的圖片一模一樣，完全不用修圖。而如此誠然的展現，帶來的是加倍震撼。我們已被太多的修飾所影響，包裝出對生活美好的想像，但在這裡，美都是真實的。

　　「我們真的到了。」她對我說，而我不知道為什麼，忽然有點激動，差點落淚。
　　或許是因為景色太美而感動，但我想更重要的，是在身旁的她。從那天的通識課一起走到了這裡；幾萬公里的里程數，一起走了這麼遠。

　　在這片景色的見證下，我在她耳邊輕聲說：
　　「我愛妳。」

　　鏡湖隱藏在階梯後方，像是一座天然的泳池，被礁岩環繞。嚮導讓

我們在裡頭自在地游泳玩耍，接著便前往下個景點欣賞珊瑚礁。

　　這裡的海水很清澈，即使在水中，視線也幾乎像是在陸地上一樣清晰。我們一邊玩著水，一邊欣賞眼前的珊瑚，忽然，我覺得腳底一陣刺痛。

　　心中暗想不妙，爬上船，果然，不小心被海膽扎傷了，大約有五、六處傷口，腳底布滿小黑點，刺痛隱隱襲來，而且還越來越痛。

　　嚮導走上前，見狀便拿了類似檸檬水、聞起來有點酸酸的液體澆淋我的腳底，看看傷口，說聲「沒事」就離開了。後來眾人也陸續上船，幸好這是今天最後一個景點，今天的海上行程就此結束。

　　我盡量用輕鬆的口吻跟她說剛剛踩到海膽的事。我知道她會擔心，我當然也有點擔心自己，但既然嚮導都說沒事，那也只能慢慢等待傷口的痛楚緩和。

　　上了岸，來到市區，天還未暗，我們坐在碼頭休息。

「還好嗎？」她皺起眉，擔心地問。我搖搖頭，看著腳上的傷口四周的黑紫色，像是恐怖電影被外星生物寄生的特殊化妝。但這不是化妝，我的腳可是貨真價實地刺痛著。

忽然一陣愧疚和自責襲來。「抱歉掃興了。」我說。因為自己的不小心，讓兩人的行程蒙上一層陰影，原本開心的情緒，被應該可以避免的憂慮給沖淡。

我把幾根比較外露、明顯的刺給拔掉，觀察了一陣子，好險身體並沒有出現很嚴重的不適，應該不至於嚴重過敏，這才逐漸放心。但腳上插著刺，走起路來還是不太舒服，偏偏海膽的刺又容易斷。剩下兩處傷口，但我們束手無策。

「來，扶著我的肩膀。」忽然，她舉起我的手臂，好讓我能靠在她身上。「我們去市區找藥局買醋酸水，可以把刺軟化，這樣應該比較好拔出來。」

就這樣，她不到一百六十公分的嬌小身材，撐起了我全身的重量。雖然腳底還留有刺痛感，心底卻鑽進一股暖流，感受到在這陌生的地方，果然只剩彼此能依靠。約莫半小時後，我們終於找到藥局、買了醋酸水。

也顧不得再找其他地方，兩人就這樣蹲在路旁。我的腳已沾滿黃土泥沙，但她卻只是俐落地說聲「你趕快坐下」，一把將我的腳抬起來。

　　她仔細地盯著我的傷口，剩下的刺不很明顯，於是她瞇起眼睛，拆開小鑷子和醋酸水的包裝，「你忍一下喔，痛的話可以抓著我。」她說。接著，小心翼翼地把醋酸水倒在傷口上。
　　她的動作極其溫柔。儘管路旁人來人往，她也顧不得地上髒，偶爾還有泥沙飛進眼裡，但她只是用手背把沙撥掉。「有機會拔出來了，你等等。」

　　此時路旁雖然人聲吵雜，但世界一下子彷彿只剩彼此，其他聲音都逐漸被轉小：人們講話的聲音淡出，車子呼嘯而過的引擎聲安靜下來，只剩我和她，彷彿有一盞聚光燈，將我倆與這世界切割開，周遭都暗了下來。
　　我的腳底應該很髒，但她似乎不放在心上，只擔憂著我的傷口；她大概也沒發現自己的臉沾附了路上的風沙，只專注地清洗我的傷口。

　　彷彿包容了我的所有不堪，卻仍能直面我的所有醜陋，並上前擁抱，告訴我「沒關係」。

這或許是愛最偉大的地方，讓每個人即使都是獨立個體的存在，卻能彼此相融，我們的生命也因此有了美好的意義。

　　「太好了，終於拔出來了！萬歲！」忽然，她興奮地大叫。
　　而我只是望著她，伸手將她緊緊擁入懷中。

　　如果大聲說「愛妳」是浪漫和幸福，那此刻的相擁，就是無法用口語訴說，卻已經將彼此交付對方手中的愛的具象化。
　　她沒說話，只摸摸了我的頭。

　　「你沒事就好。」

　　　　　　　　　　　　　　　　　　　　　3　如正午熱烈

和妳跌進世界的角落

我倆熱烈地擁吻，像是要吻上永遠。背景
是科隆島的海，先切換成那裡的海底，最
後又切換成那裡的山。山上求婚的人群好
像也在，那是幸福的最高處。這裡的溫度
很高，炙熱得像是我倆的愛。

　　歷經有驚無險的海膽之亂後，第三日的出海行程順利結束。

　　特別的是，今天我們自己找當地船家，幸運地遇上可愛的船長和嚮導，帶我們到當地的傳統市集採購了便宜又豐盛的海鮮，又帶我們到私人且無人的珊瑚祕境，那可是一整片、一眼無法看到盡頭的珊瑚礁，比在臺灣任何一處海岸浮潛看到的珊瑚礁更震撼。

　　與船家道別後，便在碼頭等待無人島飯店的接駁船。我們在旁邊閒晃，還買了冰。接著，一艘小艇靠岸，指引我們上船。小艇不大，剛好夠放我們的行李箱，上面只有一位船夫，速度開得飛快。

　　遠方的群島被夕陽染上一層火紅；船的速度快到偶爾因遇到小浪而騰飛，比起白天跳島時乘坐的觀光船，小艇更像是個勇敢的探險家，在這片大海裡勇往直前。

約莫半小時後，便來到無人小島。飯店的接待員上前，親切地為我們介紹。

　　說是飯店，但所有房間都是一幢又一幢的茅草屋。這家飯店強調天然和環保，房內只有電風扇，也不提供熱水；岸邊豎立著一座礁岩，被改裝成酒吧。放眼望去，只有我們是亞洲遊客。

　　接待員拿了入住文件要我們確認，最特別的是購物時只要報自己的名字就好，check out 時再一併結帳。

　　因為是傍晚才抵達，放好行李後，我們很快又趕回 lobby 用餐。就連用餐區都像是用竹子和茅草搭建的，伴隨著海浪與耳際傳來各國語言的聊天聲，我們終於來到了無人認識的所在，認識的只有彼此。

第四天一早，陽光從紗門跳了進來，爬上床頭喚醒了我。看著身旁熟睡的她，我安靜地將她放在我身上的手拿開，起身下床，獨自在沙灘散步。

這裡安靜得不像觀光勝地。海水一如前幾日所看到的那樣湛藍，沙灘的最邊緣有片巨大岩壁，並沿著岩壁搭建了木製步道。順著步道，我來到獨立於飯店區的另一片小小沙灘。

這片沙灘四周被其他的山和礁岩環繞，若非沿著步道，應該無法順利前往，因此成了天然的獨立空間。我喜歡這樣的感覺，有種安全感，可以好好感受這空間裡的所有事物，包括在空氣裡流動的情緒。

海面閃著光點，熱帶的氣候暖烘烘的。或許有些人會覺得太過炎熱，但對我來說，卻像是溫暖的擁抱。

　　面對眼前的美景，當周遭都靜下來時，忽然覺得一切都好不可思議。在早上的通識課相識，到現在熱烈地相戀，想想那一年半的追求，每個夜晚的煎熬，我想我是最能體會何謂「美夢成真」的人了。

　　從學生時代，到當兵時分隔兩地，再到如今出社會工作，生活的轉變是劇烈的，但我們也因為這樣的改變，有機會一起來到世界的角落，而這角落裡，只有彼此。

　　總覺得這趟旅行帶有一點迷人的儀式感。這一回除了一起來到世界的角落，也像是走進對方世界的深處，那裡有著彼此最原始的面貌。

　　而能對這樣的面貌伸手相擁，應該便是最熱烈的愛了；畢竟愛如果不夠熱烈，又該如何面對赤裸裸的彼此？

　　從左方的步道傳來有人走近的聲音，是她。

　　步道懸空在海上，偶爾海風捎來，又把她的招牌馬尾吹得左右晃動。陽光把她的髮絲映照得根根清晰。

　　「要起床也不說一聲，嚇死我了；想說你人怎麼不見了！」她小跑步向前，嘟起嘴。

「我不忍心吵醒妳嘛。」我不好意思地摸摸她的頭。

　　而且，即使在這樣的角落，她還是能找到我。這股在心底知道一定有人陪伴的安全感，我想是我得以在人生路上朝著未知闖蕩最強大的力量吧。

　　兩人並肩走回小草屋。今天我們沒有行程，卻也是在繁忙的現代，最華麗又最奢侈的行程。
　　什麼都不做，只有懶洋洋的太陽和浪漫的海岸。沙灘被陽光曬得暖和，脫掉拖鞋，赤腳陷進沙裡，粗糙的顆粒感摩擦著皮膚，不至於刺痛，倒像是一邊熱敷，一邊按摩般舒服。

　　「這是我活到現在最幸福的時刻了。」我脫口而出，走在我前面的她停下腳步，轉過頭。
　　「謝謝你，和我一起讓夢成真。」她說。
　　連遠方搖曳著的椰子樹都彷彿變成慢動作，我緩緩踏步向前，將她抱緊。
　　陽光將我倆的影子描繪在沙灘上，是一幅男女緊緊相擁的畫作，在天地和海之間。幫這幅畫起個名字，叫做「幸福」吧，影子裡的男孩用手托起女孩的下巴，輕輕吻上。

她手搭上我的肩，我能感受她的唇熱烈地回應。如果要將愛的濃烈具象化成畫面來表達，那一定是像此刻正午的熱帶豔陽，炙熱滾燙。

　　在無人的沙灘上，世界是我們的，我們是彼此的。

　　用過午餐，稍微休息，來到礁岩酒吧，等待夕陽。

　　什麼都不做，只是望著遠方的天空隨著太陽的角度變化，就像看著一位藝術家作畫。和彼此在一起虛擲時光，連浪費生命都變成一種浪漫。

　　此時，有一群外國人上前跟我們搭話，一起坐在同一桌。原來他們是從澳洲來的，彼此都是朋友，比起從臺灣出發的我們，路途更為遙遠。其中有名男性比較健談，他說這裡簡直就像電影《侏羅紀公園》一樣，得要穿越層層險阻，才能看到如此壯麗的風景；另外有個女孩則說她一口氣休了一個月的長假。他們也和我們一樣，會抱怨工作，卻更懂得享受人生。

　　人生是由不同的片刻組成，這些片刻其實都是一連串的事件。體驗不同的片刻，用心感受，就是不愧對生命最好的方式吧。

　　這群澳洲人後來又去找別桌的人聊天。她靠在我的肩頭，一起等著日落。

日頭漸漸隱沒山頭，天空變成紫紅色。這時，有艘船載著另一批遊客靠岸，是眼前這令人讚嘆美景的點綴。慢慢的，夕彩開始有了以分鐘為單位的千變萬化，這是夜幕就要降臨的前戲，魔幻的色彩瞬間讓時空彷彿進入夢境般。

　　隨著天空蓋上黑幕，點點繁星也在此刻閃耀。
　　我和她步下階梯，夜讓一切都籠上一層無法看清的神祕，再藉由我們的想像鋪上一層美好。

　　既然是無人島飯店，路上燈光自然昏暗，只有幾盞小燈掛在每間草屋門口。
　　雖然昏暗視線會帶來一點不安全感，有些人甚至還會怕黑，但只要知道身旁有個她，這段路途好像也沒什麼好怕的。

　　回到草屋，隔天就得面對旅程的結束，我們就要回到現實。
　　躺在床上，浪花聲拍在耳際，像是搖籃曲，將我倆搖入夢鄉。恍惚之間，整個世界都像是在夢境裡。
　　她蜷起身子，將頭埋進我的胸口。

「很開心是你，跟我一起擁有這趟旅程。」
「很感動當時的你願意堅持，願意等我。」
「我們才能擁這麼幸福的此刻。」

黑夜裡傳來她的低語。

「謝謝妳願意蹲在路邊，替我拔掉海膽的刺。」
「謝謝妳願意在下課後，陪我走那一段路。」
「謝謝妳此時此刻願意躺在我的懷裡。」

　　說著說著，睡意襲來，我只感覺她將我摟得更緊。浪花聲是天然的背景音樂，唱著代表這趟旅程的主題曲，小屋外的夜空星點滿布。

「真希望這一切都不要結束。」
　　恍惚之間，不知道這句話是我還是她說的，是我倆跌入夢的深處前，最後一句話。
　　在夢境裡，我倆熱烈地擁吻，像是要吻上永遠。背景是科隆島的海，先切換成那裡的海底，又切換成那裡的山。山上求婚的人群好像也在，那是幸福的最高處。這裡的溫度很高，炙熱得像是我倆的愛。

「妳是我此時此刻，這個世界千萬人群裡的摯愛。」

「妳也是此時此刻，我的全世界。」

我喜歡你二十次

這二十次「喜歡你」讓我知道，我該
勇敢起來。我該勇敢起來，像妳一樣，
面對自己的情感。

「我喜歡你啊！」我在後座對你說。

　　雙手捏著你肉肉的肚子，或許沒有帥哥的腹肌來得誘惑，卻軟得舒服，捏起來有一點安全感。

　　可我沒有抱緊你。因為我還無法抱緊你，所以兩人之間總還有一點距離。

　　「我就說我喜歡你咩！」我們把車停在白沙灣。踏著浪，秋天的海風略微涼爽，風吹亂我的長髮，從髮絲間看見你走在前方。

　　「我就說我們是好朋友啦！」你一腳踢起沙子，像孩子般玩耍。這是你第十六次這樣回答，也是我第十六次跟你說「喜歡你」。我堅定地看著你。

　　你拉著我一起玩水，潑得我一身都是。「哪有人跟女生出來玩，還把女生搞得那麼狼狽的！」我邊說，邊撥弄著頭髮上的水珠，在一顆又一顆晶瑩的水滴之間，看著你笑得像個大男孩。

　　記得剛認識你，是我剛出國回來的一年後，在朋友的聚會上認識的。

　　那時朋友看我因為分手而心情低落，一到週末就拖著我出去玩。而

　　　　　　　　　　　　　　　　　　　　　3　如正午熱烈

你是朋友的朋友。第一次見面時，我們一起玩了 Switch。

　　與你互動的感覺，是一種無法言喻的舒適。你的話總是能讓我發笑，你的反應也總是剛好能銜接上我的想法，這些相處都自然地像是熟識已久的朋友。

　　「妳還好嗎？」聚會那天，趁朋友們狂歡的空檔，你靠近我身旁。

　　「聽妳朋友說，妳剛結束一段很長的戀情。」你望著我，我看見你和我有一樣的酒窩。「辛苦了，如果不開心，我們可以一起玩 Switch。」

　　腦中晃過千分之一秒的畫面：教室木頭的桌椅、高山上的民宿、畢業的學士服、當兵的營區、在異國熱吻……畫面繽紛，但我突然能清晰分辨，那些都只是腦裡的回憶而已。

　　「現在好多了。」我笑著。「我會勇敢追尋自己的生活！」

　　「我喜歡你啊！」我右手潑水，左手擋在臉前，以防禦他從前方而來的海水攻擊。「可是我還是要攻擊你！」我不管海水的襲擊，直接跳上他的肩，捏他的手臂。

　　一定不是我太重，而是他太瘦弱，所以我才撲上去捏沒幾下，他便摔倒在海裡。

他笑得很開心，我笑得比他還大聲。

「呼……我真的好喜歡你！」我輕聲說。兩人躺在海邊，仰望著天空的豔陽。

平日的白沙灣沒什麼人，就像這靜謐的世界裡只有我和你似的，只裝進了我倆的笑聲。

「妳為什麼不放棄喜歡我？」海浪打來，這次的浪打進耳裡，耳朵噗嚕嚕地充斥著海潮聲。

想起半年前的那晚，你突然問我有沒有空，想去河堤喝酒聊天。

「再也無法把任何女生放進心中。」這句話從你口中說出，我也聽見自己心碎的聲音。

看見你憂鬱的模樣，我才知道原來塞滿笑臉的你，也有落淚的那一面，眼神充滿脆弱與恐懼，似乎害怕再次被傷害。我好想抱抱你說聲「沒事」，卻只敢拍拍你的肩。

好險，現在你能大笑了。

「因為……我喜歡你啊，呵呵呵呵呵！」我瞇起眼咯咯笑，海邊的太陽曬得雙眼睜也睜不開。

「白癡喔，怎麼問都回這句話，妳是機器人是不是？」你說完，倏

然起身，用衣服撈了滿滿的海水，直接澆在我頭上。

　　躲避不及，海水淋在頭上的那一刻，我想起那個電影散場的午後；下著大雨，你硬是把雨衣套在我身上的那一天。
　　我愣愣地看著你，那個總是忘記替自己著想的你。
　　「因為你不夠喜歡自己，所以就由我來喜歡你。」但我沒說出口。我知道要是真的說了，不喜歡麻煩別人的你又會躲起來，就算傷心也不求救。

　　「喂！」你的手掌在我眼前揮動。「泡水泡到傻啦？腦袋進水喔？」
　　「你才腦袋進水！」我跳起來，兩人又嬉鬧了二十分鐘才離開。

走回停車處的一路上，我都在擰乾自己的頭髮。

「這給妳！」你拿出浴巾讓我擦乾頭髮，我才驚呼自己竟忘記帶這麼重要的東西。

「到底妳是女生還是我是女生？」你翻了個白眼，碎念著往機車走去。

但我倒是笑得很滿足，因為你總是替人著想。「嘿嘿，所以我喜歡你啊！」我對著走遠的他大叫。

騎上機車，再次沿著北海岸繼續前進。夕陽在右手邊。

「什麼時候再出來玩？」風很大，所以我在後座的聲音也很大。

「我兩個禮拜後要出差去歐洲，三個月回來。」

我沒有接話，接著感到失望。

雖然不是什麼天長地久的分別，但心底總是有股酸酸的感覺在發酵。

拐個彎，離開北海岸，回到市區，停在淡水老街。

「我們去吃乾麵！」下車後，你很有精神地說。

默默跟在你後頭，腦中一直想著你剛剛才說的出差行程。

其實我早已偷偷把你排進我的生活，會等你跟我說晚安，或等你跟

我說記得吃早餐。

　我已經等你回答我的「喜歡你」好久了，不知道怎麼習慣你的說離開就離開。

　淡水老街的吵雜此起彼落，我卻感受不到下午在海邊的開心。那時的沙灘雖然靜謐，但因為幸福而喧譁的心情，與此刻的街巷儘管熱鬧，卻因失落而寂靜的感受，形成強烈對比。

　「我以為妳會嗆我『難得來淡水，吃什麼乾麵?!』」忽然，你轉過身對我說。

　「對啊，吃什麼乾麵，要吃阿給。」我低著頭，聲音很小。

　直到碼頭邊，你突然停下腳步。

　「辛苦妳了。」你的聲音突然溫柔如夜晚的風。

　你在眼前的路燈下，身影因背光而顯得漆黑，也看不清你的表情。

　「妳還沒跟我說妳為什麼喜歡我呢！」你有點無奈地笑了起來，「但好像也不用說了。」

　我愣愣地聽你突然說出不像你會說的話，好像就要失去你似的。

　原來等待和付出，都不一定有結果。

可是我仍用力地看著你，就算這一刻是結局，我也不想躲避，至少要真誠地面對自己的情感。

「妳說了二十次喜歡我。」你抬頭看著我，這是我們最認真的一次四目相交。「謝謝妳，這二十次喜歡我，是這一年最讓我開心的養分。」

就算你說沒打算再讓女生住進你心裡的那天，我也一路忍著，直到回家才敢紅了眼眶；但此時，眼前的世界終於被自己的淚水給模糊一片。

「這二十次『喜歡你』讓我知道，妳很努力走進我的世界。」
「這二十次『喜歡你』讓我知道，我該勇敢起來。」
「我該勇敢起來，像妳一樣，面對自己的情感。」
「我該勇敢起來，告訴妳一聲，如果可以，請讓我也走進妳的世界。」
夜晚的淡水碼頭邊，人聲鼎沸，此時卻只剩你的這些話還聽得見。
月亮高掛，河面上映著銀白月光，閃爍著。

這是我用盡所有力氣，和勇氣，等待的夜晚。

這是我每晚夢見，朝思暮想的夜晚。

這是我鼓起勇氣敲了你心門好幾次，終於等到的回應。

我知道你也努力很久，嘗試很多次的勇敢，才終於把心門打開。

你說這些話時，仍勇敢地看著我，而我也是。

「所以請等我最後這三個月。」

「等我回來跟妳說，我也喜歡妳。」

　　　　　　　　　　　　3　如正午熱烈

THE MOMENT

在我眼裡

妳是我眼前此刻的雋永。

夕陽在背景勾勒出妳的輪廓，閃耀著動人的光，這是我決定要看一生的風景。風揚起妳的髮絲，在 1/10000 秒的快門之間停格。

如同一生看過的畫面儘管繁雜，但此刻，人眼無法捕捉的瞬間，只能用心去記憶。

妳的笑容，妳的神情，妳的眼眸。

時空流轉，萬物更迭，即使幾十年後，妳眼裡的風景，和我相機裡的身影，都永遠不變。

時光無法倒流，也無法停止殘酷地向前，但每一次看見妳的眼眸，或許是魔法吧，總覺得時間並沒有走。

還有我，而我的眼裡，也還有妳。

THE MOMENT

肩上的遠方

一 日 如 一 生 的 愛

風在耳邊呼呼地響，妳將頭倚在他的肩上，他的肩膀就是妳的遠方。

　藍天隨著機車的速度快速後退，帶妳看見世界的美好。

　也帶妳一起看到更多不堪，看見自己的淚水，自己的脆弱。

　這才是妳繼續和他奔向遠方的祕密，即使看過妳所有的難堪，仍舊在身邊。

　說不清楚喜歡他的原因，因為太多細瑣的生活細節，說了旁人也不好懂。

　不如不說，只要依靠在他肩上。

　世界裡有他，有妳。

　在風和日麗的午後，在狂風暴雨的夜晚，在朝陽綻放的清晨。

　車子朝遠方前進，妳抱緊他的大肚子。

　還沒有車子，還沒有房子，但妳知道未來就是和他一起努力。

　便已足夠。

　妳的眼前，他的方向，是你們的浪漫。

4

如午後溫柔

山穹之上凝結的永恆

時間是一種不具體的維度，也因此能乘載無法具象化的情感，在這片浩瀚的世界裡，成為永恆和美麗的代名詞。

　　午後的陽光從遠方的綠色山丘上奔跑而至，明亮卻又不刺激，是冬日驕陽舒緩的氣候。

　　在南投群山的環抱間，我和同事漫步在清境農場的天空步道。

　　十二月的時節，仍能遇上晴朗萬里的天氣，是離開陰鬱臺北的我們最幸運的地方。一行六人開著車，今日會先抵達清境的民宿，晚上觀星，還剛好能幸運地遇上流星雨，明日則安排挑戰合歡北峰。

　　視線被綠色的山稜驚豔得忘我，遠方的老英格蘭建築在和煦的午後暖陽裡閃耀著金光。我走在妳身旁，妳願意一起登山，是這次旅程的更幸運和意外。

　　一行六人裡，除了妳，還有另外兩男兩女，他們走在步道前方，我們則在隊伍後頭。

這不是第一次與妳並肩走在一起，但我想都沒想到，妳會答應加入這次出遊和登山行程。還記得在公司的會議室中，我開玩笑地問大家是否要一起爬山，沒想到意外獲得一群同行的夥伴。

　　妳的及肩長髮在和煦的光線中隨風起舞，偶爾會因為擦肩的距離，從翩翩起舞的髮絲之間，飄來一股香，淡淡的，溫柔的。

想起第一次看見妳，也是午後時分。

人資帶著妳向各部門介紹，辦公室的大片落地窗灑進陽光，在白色的地板上畫出陰影的幾何，光暈裡透著柔軟，一如妳的身影，一如妳走進我生命的方式。

或許從那一刻開始，妳就注定成為那個走進我心的人。

只是時間慢慢地走，情感也隨著年紀慢慢地積蘊在心底，必須在更遠一點的時空，才能感受細微的情感變化。而當時的我尚未知曉妳在生命裡的意義：在無限延伸的時間線上，只是點點星辰中的一抹光，或是宇宙中引領我前行的引力？

出發前往合歡山前，朋友都非常吃驚，畢竟我平常並沒有登山這興趣。

為何要爬山？為何要登上三千公尺的高山？問題接踵而至。

拼湊線索而出的答案，或許是那晚的訊息吧。看到她在夏夜的分離後，已有了新的生活、牽起另一個人的手，更是讓當時的我跌至人生的低谷。山谷太深，因此失去光；失去了光，白天都像黑夜。

所以想爬上更高的峰，或許就能看見遠方的一縷光。

「快看，夕陽好美！」同事在遠方呼喊，此時我們已離開天空步

道，正在清境農場周遭閒晃，一行人聽聞，趕緊都跑到那位同事身旁。

「天啊，好美喔！」忘記是第幾個人發出一模一樣的讚嘆。

火紅的夕陽在層疊的山峰之間懸著，染了一片從紅色到橘色的美麗漸層。看著身旁的妳，一雙明眸直盯著遠方的夕陽，為之著迷。
夕陽在妳白皙的皮膚染上一點橘紅，此刻的氛圍溫暖且令人沉醉，妳的身影也在不知不覺間映入我的眼簾。

我舉起相機猶豫了一會，對焦點停留在妳身上。才三秒鐘的時間，畫面失焦，我沒能按下快門，妳跑離相機對焦範圍外。許久不曾再用

觀景窗裝下她以外的身影了，我將鏡頭右移，對著遠方染得通紅的夕陽和山巒。

她的身影被塵封在世界的角落，在那有著碧藍海天的夢裡，在可以伴隨滿天星斗的海邊沉沉睡去的角落。

夕陽跌落山谷，暗色調接力而至。稍微用過晚餐後，我們抵達民宿安置行李，並開始著裝，把所有能保暖的衣物和工具都帶上：兩層發熱衣、厚上衣、羽絨外套再加防風外套，口袋裡還塞滿暖暖包。

十二月的合歡山只有零度，但冷卻不了大夥看流星雨的熱情。

車子緩緩朝更接近天的高度駛去。合歡山暗空公園是全亞洲第三座獲認證的觀星公園，為了配合認證，沿途都沒有路燈。經過武嶺後，我們繼續前進。

路很窄，我的方向盤得維持小角度校正。行駛在雲的高度之上，在夜的漆黑之中，緩緩而上，彷彿就要沒入一片靜謐，沒入一處神秘。

黑夜對我來說，一直都有種魔力，它讓我們無法看清眼前的細節，卻也因此讓視線多了想像的美好。一般來說，夜晚也不若白天需要趕

時間趕行程，不需要處理複雜繁瑣的任務，只要好好完成一個夜晚該有的行程分量，沉澱一日的過程，最後安心地跌至夜的深處。

此時的我們正往這深處前進。抵達觀星點，停妥車輛，熄掉引擎，原先隆隆作響的引擎低鳴戛然而止，取而代之的是一片寂靜；下車時，我們就像跳入無垠星海裡。

「哇……」大家已無法找到形容詞，只能本能地在大自然的美景之前臣服並讚嘆。

山稜的線條在遠方的黑幕留下一筆又一筆痕跡，點點繁星鋪天蓋地，將我們的視線全部占滿。月娘底下的雲海翻騰著，雲的輪廓透著月亮的光，彷彿會發光的海。

公園裡還有其他遊客，但所有人都安靜地抬頭仰望，都期待著一樣的事物。這景象令人感動，或許當期待夠多，願望也就能成真。

　　流星滑過，在車子另一頭的同事迅速指向天空，但就算轉過去看，眼睛還是趕不上。

　　我獨自走向另一側，拿起相機調整參數。望著眼前星羅棋布，在山巔之上點綴著夜空；遠方還有雲海隨著風翻騰，耳際似乎傳來海浪聲──那晚在世界的角落裡，一樣星點滿布。

　　看得入迷，忽然失去分辨方向的能力，跌入三百六十度的星空裡。光年以外的光，也讓我無法分辨時間，時空都因為黑夜而混亂。我彷彿聽見她的耳語，卻也發現那張綠色窗簾已是十年前的光景。我像是溺水，失足在這片星海中，在時空裡混亂。

　　我在夏日的夜裡失去了她，在清晨的綠色窗簾旁遇見了她，在世界的角落裡擁抱了她。

直到身後傳來有人踩過碎石子的聲音，我轉過頭，見妳小心翼翼地在適應黑暗後走近我身旁。

　　走進我的黑夜。

　　「在做什麼？」妳輕聲地問。

　　「在調整相機的參數。妳看見流星了嗎？」

　　「看見了，很多顆耶。」

　　妳的皮膚在淡淡月光下透著朦朧的白，圓圓的臉和一對不停張望著四周的眼珠，看起來就像從山林裡走出來的精靈。

　　「可以教我怎麼拍嗎？」

　　「喔……當然可以呀！這些轉盤其實都是在控制曝光，也就是控制進光量的大小……」

　　我拿起相機，告訴她這些轉盤的用途，以及光圈、快門速度、iso 值各自代表的意思。

　　我講得入神，而妳就靠在我身旁，湊上前想看清楚相機上的數值。

　　妳的身影突然出現在我前方，我這才發現剛剛混亂的時空已經停下，停止在此刻。

此時的妳就像北極星，指引著方向。

攝影是我一生中最重要的事物，而自己最重要的事物被好好地傾聽時，我忽然感受到自己的重量。

或許就是這一刻起，一個微秒單位的瞬間，世界已經產生巨大的變化。在妳出現後，我感受到自己的重量。

妳的引力，將我的重量引入妳的軌道之中；我在妳的引力裡，找到了自己生命的重量。

人的一生中，與之擦肩的人何止數百萬，如果所遇見的每個緣分都是一顆星星；每次星星眨眼，都是一次緣分交織的美好事件，那麼走完一生，就像是一場星際旅途，體現人生的浩瀚無垠。

我才明瞭，原來與妳的相遇，才是真正的「相遇」，是兩個人在無限宇宙中，彼此迎面而來，而非單方面的追逐。妳在幾億顆光點之中閃耀著，而我只要等著時間推進，就會看見妳的身影。

比起用盡全力追逐，此時的相遇儘管看似被動或消極，卻是在情感成熟後，坦然接受一切的結果。

在失重的太空中，偶爾有失去引力的時候，於是我們會在宇宙裡打

轉，甚至流浪，直到下一顆星球出現；而那顆星球的引力，或許會再開啟一段旅程。

　　我感受到一股引力，溫和得不至於讓我急速下墜，卻讓我有了方向，讓我重新有了重量。
　　妳的引力溫柔且緩慢，彷彿配合我在宇宙裡飛行的速度。與其說是我跌落至妳的引力範圍內，不如說是妳悄然而至。

　　彼此的引力巧妙地牽動。
　　比起先前那個用盡全力追逐的女孩，此刻的我們更顯出平衡的美好。

　　我轉過頭看著妳。
　　「怎麼了？」妳歪著頭問，而我愣在原地，忘了說話。
　　直到妳又一次驚呼，劃破寧靜。

　　「是流星！」我感覺到自己的肩膀被妳用力抓住，整個人往後轉了一百八十度，在我身後的妳伸長了手，越過我的耳畔。「就在那裡！」

「我又錯過了！」我懊悔地說。

「沒關係，我們一起等下一顆！」妳將頭髮撥到耳後，這才驚覺此時我倆的距離，已近到能清楚地看見妳臉頰的雀斑，近到能看見妳的眼眸倒映著這片星空，而妳眼中閃爍的光，又如月光明亮清澈。

月亮會引來潮汐起落，我覺得自己的情感好像也受到月球引力影響，忽然滿溢得有如漲潮的海水，周圍的空氣全都吸飽了水氣似的，

一股無法述說的情緒在心底醞釀。妳轉過頭，看著我發愣的樣子，笑了笑，眼睛彎了起來，就像上弦月。

忽然，我在妳身後的天空瞥見一筆星星畫過的痕跡，橫過天際，在這片星海裡乘風破浪、勇往直前，而後消逝，不過就百分之一秒的時間。但只要能好好把握，即使只有百分之一秒，願望應該都能實現吧。

忽然又一顆，三、四顆畫過，就像真的下雨了，下在妳所在的方向。

那一晚海邊的星空與此時高山上的星空重疊，一整片的閃爍，從光年之外綻放光芒，再到光年之外的地球。時間是一種不具體的維度，也因此能乘載無法被具象化的情感，並在這片浩瀚的世界裡，成為永恆和美麗的代名詞。

穿越時空，穿越一段無邊際的旅程。妳從點點星光間走來，星空之下的剪影輪廓如此清晰，如此真實，無以名狀的時間和情感，也跟著變成現實。

而我終於從失去方向的黑暗中抽離，彼此的引力牽動，緩緩朝著對方前進。

我無法形容此刻滿溢的情感是什麼，只能看妳專注盯著我身前的相機，同樣正視我珍重的事物。忽然，我倆的身體輕盈地像是要飛起，在無數顆星星和一條又一條星河之間穿梭，眼前的星點也都因速度和重力幻化成線，下了一片流星雨在你我之間。我的眼角泛起晶瑩淚花，星際的旅程終點，則是一道白光，進入眼簾，並逐漸占滿我所有視線。

　　午後的辦公室裡，偏西的陽光朦朧地讓視線所見全都變得夢幻。光是看見這暖橘的色調，就能感受溫柔。
　　人資同事專業地做出手勢，將我介紹給妳。我遞出名片，妳點點頭，接下我手上的名片。

　　妳笑著，眼角的一點點細紋勾起。
　　「你好，我是舒涵。」

　　　　　　　　　　　　　　　　　　　　　　　4　如午後溫柔

隔日一早，大夥用過早餐後，在清境農場裡的便利商店準備好登山補給，也買了要帶到山上的午餐。

　　天空晴朗無雲，藍色的天像是清澈的河，沒有汙染物的雜訊，眼前的畫面比超高解析度的螢幕還要清晰。完美的天氣和即將啟程的路途，我能感覺到大夥躍躍欲試的氛圍。

　　從民宿到登山口約莫半小時車程，我努力用雙眼適應眼前的美景，卻總是在繞過一個彎後，又不禁發出讚嘆和驚呼。等到車子終於停妥、整好裝備，不確定是因為三千公尺高度的空氣稀薄，還是自己終於要完成夢想清單，我感覺心跳不斷加速。

這次我們選擇從北峰登頂，來回約四公里的步道並不算長，但第一次登上三千公尺的高山，還是得小心點。尤其是，北峰的路又比其他合歡群峰稍微顛簸了些，而且據說前一公里都是碎石路，這也是此次挑選北峰的原因：給自己有一些難度，但又合理的挑戰。

　　為了大夥的安全，一行六人，兩兩一組，共分成三組並行，以免有人落單。

　　我轉頭看了看舒涵，也沒有多說，兩人很自然地走在一起。

　　一行人都是久坐辦公室的上班族，要攀登高山還是有點喘。好險前一晚已先來到此地適應環境，目前還沒有人出現高山症。前一公里不僅要適應高山空氣稀薄、呼吸容易變喘的問題，還是本次步道最陡峭的一段。

　　稍微駐足，身體的左側已是山壁，步道大約只有一個半成人的寬度，右方就是垂直的山谷，身旁不時出現二葉松和高山杜鵑。經過一棵高大的樹，我抬頭仰望，步道已隱沒在山壁的起伏之間，幾近垂直向上。

　　前面的同事回頭瞪著我，他看來很喘，只能用眼神裡的殺氣表示心情：怎麼帶我們來爬這麼累的山？

向上的每一步，都需要刻意用力，卻也因為這樣的刻意，更能感受到踏實的腳步如何把自己撐起來，撐向天際。舒涵走在我後頭大約五步的距離，也不是能說太多話的狀態，於是在天地之間，有一股舒服的寂靜降臨；那是一種特別的感覺，原以為安靜會產生尷尬，沒想到在她身旁反而能感受平靜。

我找了一塊空地，吆喝大夥一起坐下準備用午餐。舒涵的身影慢慢地從下方探出頭來，咖啡色外套和這片高山草原的顏色相似。我從包包裡拿出水遞給她。

「謝謝。」她勉強才擠出這兩個字。

「先喝水，不急著說話。」

我們在架設於山上、能讓微波訊號傳到更遠處的反射板周邊坐下，看著遠方的山巒層疊，天氣好得像是場夢，天空蔚藍得不像真實世界。此時，放鬆下來的大夥終於有心情看看周圍風景，遠方的山坡上有臺灣最高的公路，一路蜿蜒向上，在天空畫出美麗的弧度。

從啟登到現在，放鬆身心，舒服地坐在天空之下、海平之上，這才從做夢般的氛圍脫離，真實感油然而生。這是決定登山前的我無法想像的風景，也是當時的我無法想像的自己。原來我還有在世界探險的勇氣，原來這個世界仍舊值得探索。

我望著坐在身旁的舒涵，她沒說什麼話，只專注地盯著手上的飯糰。發現我盯著她之後，從背包拿出了一根香蕉。

「補充精力！」她說。

我接過她的香蕉，感覺有那麼一點不同的情緒在心底蘊釀。

三千公尺的高山將吵雜惱人的噪音都遠遠拋下，頂峰的空氣裡只有平靜卻不令人窒息的靜默。微風吹拂，所有的草都舒適地彎腰；雲海緩慢地流動在雄偉的山谷之間，就像此刻的心境：如層疊流雲，無聲地淌過天地間所有細微的縫隙，也如翻騰的浪濤，在心裡洶湧起伏。

　吃完午餐，大夥繼續前行。剩下約一公里路程，最陡峭的部分也已克服，此時攤開在眼前的，是延伸到天際最高處的草原，遠方有細小如點的人影緩慢向上，很是可愛。

　我放慢腳步，舒涵跟在我身旁。
　「為什麼想要爬山呀？」她問。
　「想看看這世界有多大。」
　「那你看到了嗎？」

被她這樣一問，我陷入思考。舒涵一向喜歡問問題，大多數時候，我們都能有默契地對答如流。

　　但這次卻一時之間不知如何回應。轉頭看看四周的高山，這是一年前的我無法想像會來到的地方，而群峰之間──在高山與層疊不止的更高處翠綠山峰之下，舒涵在這裡。

　　「嗯，高山的風景真的和想像中不太一樣。」我回答，繼續踏著步伐。

　　「不知道在山頂可以看到怎樣的風景？」舒涵又跟了上來，她繼續問。

　　我停下腳步，看著終於不遠的頂點。我從未想像過站上最高點會看見怎樣的風景，只是就這樣一直走，一直走著，便來到了這裡。

　　從萌起登山念頭的那天起，我開始固定去健身房跑步，還買了一雙登山鞋和攻頂用的防風防水外套。

　　沒有光鮮亮麗的理由，沒有雄心壯志的開場，只是單純很想到這裡看看，看看這世界是不是還有光，是不是還美麗如常？

　　那是在走過無數低谷、宛如黑夜的日子後，終於等到時間帶來一絲對生命前進的渴望。

在訓練體力的過程中，時間就這樣被推進。只是因為很想，於是開始，卻未想過終點。

終點的模樣，我想應該是由身處過程中的自己拼湊出來的吧。

當旅程多了位夥伴，終點的模樣也隨之悄然產生變化，巍峨的山巔聳立在漸層的藍，是從接近地面的白逐漸轉化成溫柔的藍。

站在三千公尺的高度，我似乎也能把過去的故事看得更寬闊一些，更仔細一點。

曾經糾結的情緒，夏夜裡撕心裂肺的痛，都被現在溫暖的陽光曬得暖和，曬得溫柔。

曾經以為崩塌的世界，還有那些看似沒有盡頭、因太過絕望而失去信心的夜晚，其實都是我們小看了自己。

人會在最黑暗的時候，展現出無法想像的堅強；只要一點時間，就會砥礪出新的光芒。

我看著頭頂的太陽，在鏡頭下因為光圈葉片而折射成星芒。一步又一步向上的過程，雖然不免氣喘吁吁，心跳加速，但這每一下跳動都鼓動著胸膛，響起震撼的聲響——是生命的節奏，宛若戰鼓迴盪在天地，這就是自己活著的感覺吧。

「不知道山頂是什麼樣子，但我們就快到了，一起，去看看吧！」

我轉過頭看著舒涵，小聲地說。山上的風一定會替我把話傳進她的耳裡，揚起她的長髮，還有她的溫暖笑容。

距離攻頂只剩下三百公尺，最後一段又是碎石路。路上除了可見一些家庭遊客、看到父親牽著兒子的手，也有些從西峰過來、背著大大登山包的專業登山客，互相扶持。

「小心點，腳踏穩再走，碎石路滑，小心別扭傷腳。」

「嗯嗯，我知道！」

約莫十來分鐘後，我們終於看到三角點。我快步向前，心跳加速，這趟旅程終於要來到賦予意義的一刻，我終於能再次踏出步伐，再次

享受世界。我拿起手機想和三角點自拍，此時其他同事仍未到達。

　　舒涵從遠方緩步走來。在她身後可見北峰的微波反射板，和我從這裡展望出去的、寬闊的世界。
　　而她朝我走來。

　　她在我走出低谷的那一刻，迎面朝我走來。
　　我想起大學時的自己，總是追隨著女孩的腳步，舒涵卻是迎面向我走來。

　　雖是冬季，但高山的午後因為有著斜陽的懷抱，不至於太冷。最舒適的溫度和微風吹過山谷，吹過草原，帶來一絲絲雲霧，又領著它們飛向天空。
　　心臟仍因為登頂劇烈敲響著生命的節奏。我還活著，世界也還一樣美好。

舒涵哼著曲子，輕柔的旋律，像是唱著時間的歌，走過時間，橫跨生命的長度。

　　我將原本想跟三角點自拍的手機放回口袋，拿起相機，將眼睛靠上觀景窗，量測許久，將山和天構成美麗的圖像後，在中間偏右處留下位置——那裡想留給重要的人。

　　喬好角度後，我脫下背在身上的相機，問了旁邊的路人，然後向舒涵招手。

　　「讓他們幫我們拍一張攻頂照吧！」我對她說。

　　舒涵歪頭笑了一下，稍微加快了步伐、跟了上來。三四二二公尺的高空中，相機的光圈葉片作動，聽見對焦點鎖定的聲音，照片裡的我和舒涵披著午後舒適的斜陽，我想我的笑容也一樣和煦，不過分興奮熱情，卻自然地勾起嘴角，快門聲響徹天際之間。

　　　　　　　　　　　　　　　　　　　　　　　　　4　如午後溫柔

陪我一起看青春

五年前突然分離的失落感，在此時被陽光
溫柔地化解。原來不需要太多表明情緒的
字眼，也能在日常的對白裡，讓曾經的失
落消散在空中。

站在鏡子前，小心翼翼地把頭髮梳齊。以往頂多用水沾濕頭髮後就出門，不過今天是新書和攝影展的共同開幕茶會，主辦方要我別再翹著髮尾出現在大家面前。

　　對打扮實在不拿手，只好把頭髮全部梳往同一邊。同一邊應該就是整齊的感覺吧，我這樣說服自己。

　　展覽在中部舉辦，現居北臺灣的我決定放棄常搭的高鐵，特地早起搭客運南下。一直覺得高鐵像是大人的玩具，而客運則是青春的代步工具，替每個人的青春在臺灣各地留下足跡。我寫了一本關於青春的書，書裡放了一些關於青春的相片。

　　書寫青春的人，還是乘坐青春的代步工具南下吧。

　　坐在客運上，我看著自己整齊的頭髮，再得意地看看自己穿著花襯衫的模樣。雖然主辦方要求我把頭髮弄整齊，但用花襯衫代表自我風格這件事可沒說不行。隨著車子駛向目的地，眼前景色也逐漸變得熟悉，看到交流道下依舊但更加繁華的街景，彷彿搭上時光機器，時間倒轉，倒轉回青春的場景。

　　在火車站下車後，我租了一輛共用腳踏車。車站的模樣變得現代化，灰色的鋼筋水泥用線條結構勾勒出摩登感。時空總會流轉，或許難免讓人感嘆，卻在三十二年的人生經歷裡，逐漸習慣。

「幹嘛要辦在臺中？臺北人潮比較多啊！」幾個月前的新書宣傳會議上，主辦方問了我這問題。

　「因為青春啊。」我笑著說。「新書宣傳可以辦在臺北，但展覽想在中部。」

　我將共用腳踏車停在會場。展覽已在前天布展完畢，看著門口放著自己拍攝的照片，再搭上新書的文字，還是無法習慣。從剛開始創作時，展場一片空蕩蕩，到如今會場外有人排隊等待開展和茶會，但外表再怎樣光鮮亮麗，我還是我，只是多學會一些與外界的對應，本質依舊是那個會穿著花襯衫在豔陽下發呆的我。

　「唉唷，頭髮整齊了喔！」主辦方前來接應，我笑了笑。

　茶會一點開始，先是由我述說這些青春的影像和文字，結束後大家提問，接著自由參觀。

　我不知道由三十二歲的我談論所謂的青春會不會太自以為是，但對四十或五十幾歲的人來說，我應該還算青春吧。

　或許青春是一種狀態，而非一段年紀；於是展覽影像裡的青春，也有白髮的身影。

茶會和寒暄結束時，已經四點。此時的陽光最美，低角度地切出已無稜角的幾何陰影，攀上這些被取名為青春的照片。我穿梭在人群裡，聽著人們從照片裡讀到的故事。

　　忽然，有個約莫三、四歲大的孩子撞上了我。低頭看看那孩子，一位女子隨即奔上前，牽起孩子的手。順著他倆的手，我的視線往上移。

　　青春可以是一種狀態，也可以是人生故事裡的某一章節的名稱。看著眼前被我標記在「青春」這一章的她，會場裡所有聲音一下子都安靜下來。五年了，如果時光要回溯，就得超越光的速度，就在腦海倒轉五年記憶的頃刻瞬間，聲音完全無法進入，除了眼前，周圍一片模糊。

　　時空回溯需要幾秒鐘，於是愣了幾秒我才開口：
　　「嗨，好久不見。」嘴角擠出微笑的角度。
　　「嗨，她不是故意亂跑撞到人的。」
　　「這是……」
　　「我女兒。」她笑著，笑著看向那孩子。

　　「去找爸爸，他在對街買飲料。」她蹲下身，對小女孩說。

「沒想到妳會來。」

「剛好週末和老公來臺中晃晃。」

「要不去外面草地走走？」

她的表情猶豫了一下，我接口：

「展覽主題是青春，只是去走走青春，展覽的導覽服務而已。」

　　四點的陽光是最舒服的，走過正午的熱烈，此時的熱度像是溫柔的擁抱，和清晨不同。時序已走過初醒的悸動，卻又還未到夕陽隱沒的感傷。

　　上次一起散步——一起在這片草地散步，已是九年前。

「恭喜你。」她開口，個子還是嬌小，一樣束著記憶中的馬尾，卻已是俐落的梳法，把瀏海全都梳上後腦杓，與記憶裡可愛的模樣有著相似卻又帶著些微出入的感覺。「很開心你真的完成了自己的夢想。」

　　低著頭看了看自己的腳步，我才又抬起頭。「謝謝。」

　　眼前一連串動作和畫面發生，但我只能勉強和妳搭上兩個句子。五年的時空差異，或許比想像稍微大了一些。

其實五年前為何分離，就連記憶裡也無法說得清晰；只記得分開時，那種要和相處七年的生命重量分離的感覺，就像把一部分靈魂遺落在二十七歲那一年似的。

　　但在與她分離之前，我們曾在這名為青春的土地生活，那段要離開這片青春時一起散步的光景，依舊清晰可見。

　　那一天，我牽著她，兩人無法具體形容離開青春後的未來會是如何：我無法想像服兵役的模樣，她無法想像當個社會新鮮人的日子。

　　但至少，我們仍在青春的當下，在同樣午後四點的照耀裡，披著金光。我牽起她的手，十指緊扣。

　　「有風箏，我們去買來玩！」她指向前方，隨即咚咚咚地跑去。

　　風箏很難飛得起來，於是我們來回奔跑，流了滿身汗，直到風箏卡在樹上，我和她才喘著氣互相對視，然後大笑起來。

「你很弱耶，連個風箏都飛不起來。」

「沒關係，我能飛起來就好啊！」我張開手，向前奔跑，然後用力跳躍。

風箏在空中被風打著，布料抖動著發出「啪搭啪搭」的聲響。

我和她從人行道散著步走進大草坪，看著人群和風箏。

「沒想到風箏這麼難放。」我轉頭看著她，她笑了，終於又把小小的眼睛瞇起來的那種笑。

「沒想到你這麼弱。」

「沒想到妳的小孩也這麼大了。」

她稍稍抬起頭看著我，嘴巴嘟了起來，像是裝可愛，也像是在思考。

「人生，很難預料吧。」她說。

一句話，不過一秒時間，卻也講完了這幾年巨大的變化。直到她開口打破沉默。

「後來呢？你和你女朋友有繼續嗎？還是說……要稱呼她『老婆』了？」

「哈哈，還在一起呀，但不急著結婚，反正我們也沒有生小孩的打

算，不必把彼此綁住。」我盯著她。

「喂喂喂，注意你說話的態度喔！」她伸出手指，在我眼前畫了幾個圈。
「都三十幾歲的人了，別老是裝可愛啦！」
「三十幾歲的人了，不要逞強穿花襯衫啦！」

「哈哈哈哈哈哈！」我和她同時笑了出來。
「如果我們都還是青春的二十歲，那有多好。」
「就能穿花襯衫，就能裝可愛。」
陽光啊，輕輕地放下，放在我和她對望的視線之間，把光景全都曬成過曝。

「沒有想到會再次遇見妳，也沒有想到是這樣的場景。」
「還讓你看到我黃臉婆的樣子。」她翻了個白眼。
「又不是沒看過更醜的。」
「你欠扁！」

「妳……過得好嗎？」
「很好啊！我只會做自己想要做的事情。」她舉起右手，比出大力

士的姿勢。

「那就好，一樣帥氣！」

「那你呢？過得還好嗎？」

「還不錯，妳今天不也來參加我的展覽嗎，哈哈。」

「後來，發生了好多事情呢。」她抬起頭，逕自說著。

「我也是，發生了好多事啊。」

分手後，我埋首於工作，後來離職開始走上攝影之路，又從攝影開始寫故事。

因為攝影和故事，我一度離開臺灣，來到地圖上的最角落，攀上角落裡的最高峰，走了一圈，看完風景，還是回到這裡。

「妳後來都在做什麼？」

「後來繼續工作，生了小孩，假日會帶小孩出去玩，去年全家人一起去歐洲找親戚玩。那你呢？」

「就到處去走走看看，看看世界囉。」

「那個，不好意思，可以幫我們把飛盤丟過來嗎？」遠方的大學生朝我們喊著。

我彎下腰，她也同時伸出手，一起抓住了飛盤。

「我來吧。」她說著，便將飛盤丟還給那群大學生。他們也不知道在傻笑個什麼勁，追著飛盤，笑得開懷，午後陽光將他們的動作複製成草地上的影子。

　我拿起相機，從她身後拍下她的背影。在她的背影前方，是那群大學生，照片上緣因為光線折射而帶了一圈光暈。

　「我該去找小孩了。」她轉過身說。
　「嗯嗯，我也要去印刷店一趟。」
　「印刷？」
　「我想我剛剛完成了這展覽中最後一張青春的作品。」
　「什麼？」
　「如果我們還有機會相遇，妳會知道的。」
　「我走進去看不就知道了，神經！」
　看著眼前的她，我才知道原來所謂多年後的相遇就是這麼回事，七年的緣分讓我們儘管在分手後便不再連絡，卻也能在此時說著不著邊際的話語，沒有過多濫情的對白，只有午後的光。

　「很開心，看到你過得不錯。」她說。
　「謝謝妳，那……再見了。」我微笑著說。五年前突然分離的失落

感，在此時被陽光溫柔地化解。原來不需要太多表明情緒的字眼，也能在日常的對白裡，讓曾經的失落消散在空中。

　　走到對街的她抱起孩子，丈夫則在一旁提著行李。她輕吻著丈夫的臉，笑得幸福洋溢，露出酒窩。

　　「就知道你有鬼！」我的肩膀被人從後面輕拍一下。

　　轉過頭，我笑著說：「我剛完成了偉大的作品！」

　　「我知道啦，青春，你的青春是吧。主辦方在找你，你這不負責任的屁孩。」

　　我的手被拉起，拖著向前走。

　　「嘿，謝謝妳。」

　　「幹嘛？」

　　「讓我還能繼續青春下去。」

　　「不客氣。」

　　「回去前，先陪我去個地方。」

　　我回到會場，小心翼翼地在牆壁上貼上一張相片，看得出來是臨時在便利商店印的，畫質有些粗糙，貼好後，我慢慢往後退，牽起身旁

的手。

照片下方有我歪歪斜斜的字寫上的作品名稱：

陪我一起看青春

THE MOMENT

父親

車子沿著海線公路，搖搖晃晃，視線緩緩從睡夢的黑轉為一片光亮後醒來。不知道什麼時候睡著的我坐在副駕駛座。

　　長大後，久久才回南部的家，跟著家人一起出遠門的機會也少了。
　　難得回家鄉，父母一時興起，決定前往臺東。
　　回程的路上，我不小心睡著，就和小時候出遊一樣。

　　遠方已不顯得刺眼的斜射陽光映入眼簾，車子裡原本撥放的音樂也被父親調至小聲；他似乎沒發現我已經醒來。

　　一起出遠門的機會少了，讓父親開車載著的次數也少了。
　　平常多半是我開車載著朋友出門，能安心坐在副駕駛座睡上一場的機會也少了。

　　臺東的海因風平而浪靜，午後陽光在海面上映照著波光粼粼。
　　車內很安靜，父親則專注地看著眼前的道路。
　　一如既往，安全地將我們送回家。

　　父親開了車窗，風跳了進來，海邊的樹全都往後退。
　　和我熟悉的城市或家鄉相比之下，這樣的景象如此陌生。

　　　　　　　　　　　　　　　　　　　THE MOMENT／父親

這份陌生卻令人安心，因為我知道自己正坐在父親的車上。

　　他總是會安穩地將我帶到安心的所在，因此就算到天涯海角也不怕。

　　就像從小到大，他總是默默地支持，將我送往每一個人生階段。

　　從學會走路到上小學，從上小學到離家求學，從離家求學到當兵，從當兵到遠方求職。

　　默默的，在我們看不見的時候，帶著我們走過人生的每一道風景。

　　我看見父親的手因為粗重的工作而壯碩，緊握住方向盤，牢牢盯著前方的路。

　　海風從父親那邊吹來，風中有著輕柔的耳語：

　　「孩子，儘管冒險。

　　「迷失方向也沒關係。回家吧，爸爸會與你一起。

　　「直到你找到方向，繼續向前，走到爸爸看不見為止。

　　「直到，我們都平安到家為止。」

臺東的海很遼闊，在父親後頭，連綿著天，延伸到看不見的遠方。
彷彿被父親溫柔地擁抱，徜徉在他臂彎之中。

我拿起相機，拍下這張照片。
便又沉沉睡去，安心地。

THE MOMENT

你過得還好嗎？

夜幕降臨，華燈初上，一天的結束悄然而至，不知你是否還記得那位每天下課時與你並肩回家的好友？

在那個還得穿制服的時期，生活被課表切割得規律，不像大學生可以自由排課，每天都有不同的下課時間，每堂課都有不同的同學；也不像上班族，每天離開辦公室的時間都不同。

你們總是在傍晚與黑夜交替的時候，一起放學。

因為時間規律，所以鐘聲響起，他便來到你的桌前，等你收拾好書包，一起離開校園。

週二和週四會先在學校附近吃個飯，然後補習，再一起回家。

於是你和他的記憶總是在天色有點昏暗，卻又能藉著天邊的一點餘光看清他臉龐的時候寫下。

話題很簡單，有時候煩惱著下下禮拜又要段考，有時候煩惱隔壁班的暗戀對象，有時候煩惱等一下回家要是爸媽問起考試分數。

就這樣，他在這段路程知道了你所有的祕密，還記得他也曾和你分享上週末與愛戀對象在圖書館偷偷牽手的事。

這一點祕密，是友誼的見證，是一整天枯燥上課後的精采時光。

那時夜幕低垂，一天結束，意味著一天確實結束，不用煩惱太遙遠的事情。

不像現在，得煩惱帳單繳費，得擔心電話隨時有新的任務交代。

　　曾經一起規畫未來藍圖，他說想當獸醫，你想當工程師，好像只要把書讀好，就都能做到。未來和夢想曾如此簡單，而儘管這藍圖畫得簡單、缺少了點寫實，卻多了點美好。

　　聊著天，地上的影子因走過路燈而忽明忽滅。你不知道未來會是什麼樣子，那時候只要穿上制服、準備上課，就算出了錯，也不至於世界末日；但同樣的，生活也因此單調得略顯枯燥。

　　於是這段回家的路，成為當時一天裡最值得期待的事情。
　　在老師疲勞的授課之後，在總是準備不完的考試之餘，有那麼一段喘口氣的時間。

　　也因此，在這段時間陪伴你的朋友，總有特別又重要的身分地位。
　　成為你求學生涯裡，最平凡卻最難忘的人。

　　每天規律地上學放學，讀書的每一個日子都像是被複製出來的，於是你也習慣這樣的談心夥伴。
　　卻也正因為規律到無法察覺日子的消逝，分離的時刻才更讓人措手不及。

　　現在回家路上，你習慣一個人，同樣的藍調天空，同樣的都市場

景，卻有點空虛。

　煩惱也比學生時代來得沉重，再也沒有人和你分享一天結束後的心情。

　騎著機車，景物往後飛掠。當時天天走路上下學，回家的速度慢，日子也慢，回憶也就這樣慢慢地累積。

　不像現在，什麼都飛快，什麼都有效率，日子卻也這樣漸漸被消蝕。

　不知道那位曾和你一起下課的好友，現在正在這世界的哪個角落？
　當初說好的獸醫和工程師，你沒有做到，他又如何呢？

　或許當旁人問起「最要好的朋友是誰？」時，你的答案和反射動作想的都不是他。
　卻在今天傍晚回家的路途上，想起曾有這樣一位朋友的陪伴。

　陪伴你每一天結束，陪伴你每一天最珍貴的時光，陪伴你所有的祕密和煩惱。

　想知道他是否過得還好，卻無從問起，只能在車水馬龍的車陣中，抬頭看看掛著藍幕的天，只有這片天未曾變過。路旁走過兩位學生，彷彿你和他的背影。

5

如日暮深遠

散步

「我們答應對方，即使有人
先走，留下來的人，也永遠
不要忘記現在這個畫面。」

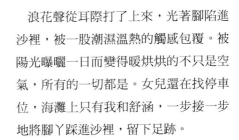

　　浪花聲從耳際打了上來，光著腳陷進沙裡，被一股潮濕溫熱的觸感包覆。被陽光曝曬一日而變得暖烘烘的不只是空氣，所有的一切都是。女兒還在找停車位，海灘上只有我和舒涵，一步接一步地將腳丫踩進沙裡，留下足跡。

　　舒涵的鬢角已有些斑白，髮絲間也交雜著白髮。面對著大海，她站在潮水漫至沙灘的最高處，讓溫熱的海浪沖刷腳掌。我也停下腳步，並肩站在她身邊。

　　大海好寬闊，映照著正準備隱沒的太陽，就像一盤橘色顏料打翻在藍色的水彩畫上頭，渲染著兩種時光、兩種情緒。從日正當空走到夕陽西下，人們的歡笑聲依舊，卻似乎隨著風，遠颺到另一個時空。漸漸的，耳邊只剩下浪花聲，和舒涵輕柔的耳語。

「生日快樂。」她的祝福從風而來。

我伸手攬住她的肩，「妳也生日快樂。」

「同一個月生日，真的滿方便的！」

舒涵總是開玩笑地說。我們的生日在同一個月，可以省下慶祝的花費；合辦的話，還可以過得盛大一點。

想起剛交往的第一年，我也這樣對舒涵說過。

走過三十多個年頭，世界的變化來來去去，曾遇上席捲全世界的瘟疫，科技也來到年輕時的我們無法想像的時代。新的事物或變化就是時間的洪流，將我們沖向未知的遠方，過程難免跌跌撞撞，難免煩悶。

所以看看海。即使世界如何千變萬化，即使身邊的人來來去去，看看海，一如既往，是一種安全感。

有些人因為時間變化，相處的方式也不一樣了；如果太不一樣，彼此就會變成過客。

但有些人還能在時間被疊加一萬次之後，說著一樣的玩笑話。

在什麼都變了的世界裡，不變，便是浪漫。

若是一起看海的人也都能不變，那就是得用一生慢慢堆積，才能尋

覓的浪漫。

我在山的頂端遇見舒涵，而我們從高處，慢慢走向大海，從挑戰世界的高度和期待看向遠方的冒險熱血，走到看著浪花歸於平靜、看著時光推移直至夕陽下山的安穩。

「女兒停車也停太久。她該不會忘記我們還在海邊了吧？」我說。

「那你還記得，有一次你去買東西，結果把女兒忘在車上，最後求救消防隊的事嗎？」

「都幾年了，還在講！」

舒涵的記性很好，會記住我所有為她做過的事，偶爾聽見她回憶起我為她付出的細節，胸口總會一片暖洋洋的；但也會像這樣，記得所有我做過的蠢事。

　　「怎麼可能忘記？那晚妳直接把女兒帶回娘家，電話也不接。」
　　「真的是會被你氣死。」舒涵無奈地笑。
　　還記得那年，她因此有好幾個月都不太跟我說話。如今她已白頭，而我們可以笑著說些當時很在意、以為就要過不去的往事。

　　「還有那幾年，全球性疫情讓我們只能用視訊假裝陪在彼此身邊看電影。」
　　「那時候女兒都還沒出生呢！」
　　「我還記得我一個人被隔離在租屋處，一整個月看不到其他人。」回想起那段日子，如果少了舒涵三不五時的電話問候，我大概會悶到發瘋。「我們呀，可是一起經歷歷史事件的夫妻呢！」
　　「是啊，你不知道跟女兒過炫耀幾次了。」

　　「真的經歷了好多事情呢！」
　　「是呀，謝謝你在那個跨年夜，將我帶向一輩子的承諾。」

我將視線移向遠方的夕陽。時空流轉，分分秒秒向後奔跑，一股暖意隨著進入眼簾的餘暉攀上臉頰。遠方的天空碎開五顏六色的光點，眼前的風景變化萬千，震耳欲聾的音響此起彼落，映在臉上的光影像是綻放的花朵。

　　同樣的一片海，但此刻身旁環繞著人群。這裡有個傳統，在跨年夜當晚，許多在地居民會帶著煙火前來慶祝；而在我眼前的，是仍綁著馬尾、穿著白Ｔ和短褲的舒涵。她摀著嘴，我看見她的眼角抽動著。

　　而我在她面前，單膝下跪。

　　「準備好迎接新的一年了嗎？」

　　有人在沙灘的另一頭吶喊，身邊的人正熱烈歡騰地慶祝新的一年即將到來，並用音響播放著音樂。

　　「十！」全場的觀眾齊聲吶喊，倒數就要開始。

　　「舒涵，今年就要過去，而我們交往就要進入第五年了。」

　　「九！」音響的聲音越來越大，鼓手開始敲響振奮的節奏。

　　「我不是個喜歡計畫生活的人，所以其實剛開始交往的時候，我並不知道要如何規畫未來。」

「八！」吉他手的和弦也加了進來，將音樂拉到了高潮。

「所以，這樣說很不好意思，但交往初期我也只是跌跌撞撞的，過一天是一天。」

「七！」Bass手的低音撥弄著心跳的節奏，越來越快。

「一開始，我們發現彼此很不一樣，爭吵幾乎占據了交往的前半年。」

「六！」人群開始鼓譟，倒數聲已經蓋過音響聲，但蓋不過人們興奮的呼喊。

「可是好險，我們都沒有離開彼此。一年後的我才知道，我們之間的不一樣，我們之間的差距，都是一段溫柔的距離，一段可以讓妳溫柔接住我負面的距離。」

「五！」

「所以我開始有意識地細數我們在一起的日子，從那天在合歡山頂，妳從星空走進我的生命裡，妳問起我相機怎麼使用，關心我生命裡最喜歡的事物。」

「四！」

「我知道，即使我們不一樣，但這段距離可以讓妳溫柔地接住我；我也知道，妳會向我走來，讓妳我之間縮短到可以彼此接納、彼此尊重的距離。」

「三！」
「我何其幸運，在這個人跟星星數量一樣多的宇宙裡，可以穿越光年，讓彼此的引力互相牽動，找到對方。」

「二！」
「當我開始細數這樣的日子之後，我突然有點惶恐。我不喜歡計畫，卻深怕沒有計畫的未來裡會看不到妳。因此，如果要我在這輩子做個計畫，去伸手抓住那顆在宇宙浩瀚星海裡，閃耀的星星，」

「一！」
「那便是現在，此時此刻。嫁給我，好嗎？」

整座城市，或許是整顆地球，此刻都在為即將到來新的一年而沸騰。

身邊的人開始跳躍，新年象徵著新希望，人們可以藉此得到一個重新來過的機會。

「新年快樂！」

煙花在天空炸開，紅黃綠藍各色絢爛，在天空碎裂成斑斕光點，像是一場雨，夜空裡的流星雨，只是有了多采多姿的顏色。

「新年快樂！」

「新年快樂！新年快樂！」

全場滿溢著希望的氛圍，滿場的煙火把這座城市的夜晚變成一艘方舟，帶著人們啟程航向新的一年，朝那個雖然未知，卻在此刻充滿夢幻的想像前進。

我期待著新的一年，新的可能性，卻只想抓住一個人，只要那個人不變就好，那便是舒涵。

我抬頭看著她，她的眼睛瞇著笑，我們的背景是燦爛的夜空。

她將手伸了出來。

「不過，也就浪漫那個跨年夜而已。」舒涵用手肘推了我一下，將我從記憶裡搖醒。

「拜託，每天都浪漫的話，那天的浪漫就不特別了好嗎？」

「又來歪理。」

5　如日暮深遠

此時夕陽已貼近海平面，又圓又大的光球，將海的交界處亮成一條平穩的線。或許是因此，夕陽才總能帶來平靜。
　　「我們慢慢走回去吧，我看女兒他們應該在海邊停車場那頭。」

　　夕陽將我們的影子拉得老長，那是我最愛的景象，能為這世界的人事物帶來另一個角度的視角和美好，讓我們都因為這些陰影而立體起來。如同人生的故事，總要有些低潮的情節，才是個立體的人。

想起多年前那場可怕的疫情，除了將我和舒涵隔離兩地，也讓我失去了原本的職位。

公司很好心，並沒有遣散我，但必須降低我的職等、領只有原本一半的薪水。

接到這消息當晚，就連想在公園徘徊頹廢都無法，因為疫情的緣故，所有人都得在家隔離，避免與人接觸。

舒涵一如往常打了電話過來，我卻沒辦法接起。

那一晚，我沒辦法好好睡，翻來覆去，只覺夜深不見底。直到手機亮起，傳來一則訊息：

「我知道你不是故意讓我擔心，而我也不擔心你。你總是會把事情做好，但有時候要是累了，記得找我。我做不了什麼，但至少可以陪你，不會離開。」

手機的光，是深沉黑夜裡唯一的方向，那個方向，有她。

在那次疫情平息之後，我知道那個有光的方向有她，於是奔向她所在的地方，與她盡情在房間纏綿。

我們整日都沒出門，只是依偎著彼此。房間昏暗，只有光線偶爾鑽

進窗簾縫隙透了進來。我在模糊的視線中，逐漸將她的身影輪廓對焦，而她的雙手環抱住我，我輕輕親吻她的胸口。

「我想和妳有個家，有個孩子。」

一年後，女兒出生了。在眾人的期待中，妳抱起孩子，我則緩步上前，將妳倆都摟在懷裡。女兒的雙眼像是盯著我和舒涵似的，我則在她眼裡看見愛的具象化，醫院的白光此刻並不顯得冰冷，甚至有些神聖。

忽然我感受到，愛似乎就像是生命的代名詞。因為有了愛，我們才有了新的生命；而新的生命會乘載我倆的愛，到我和舒涵的物理年齡都去不了的遠方，於是可以跨越時間維度。

此時，我用愛擁抱我的孩子。

孩子，在妳長大後的某天，在未來我離去的那天，我想妳能從生活儲存下來的細節，發現我的愛始終在妳身邊，陪著妳走完屬於自己的這一生。

我和舒涵踏在海灘上，夕陽拖長了我倆的身影，如同拖長了我們的人生。

日子久了，情感或許沒當初那麼濃烈，卻如同夕陽般舒適，如同夕

陽般帶來悠長的餘韻。

那股深邃的情感難以言喻，也因此相愛久了，情話也跟著少一些。

但取而代之的，是不用太多言語的默契；是即使身處同一空間而不說話，也能放心沉沉睡去的、那種百分百的接納。

「女兒在那。」舒涵用手指著，我順著方向看去，果然，女兒蹲在那邊看著孫子堆沙。

我拿起相機，將夕陽金光下的兒孫全都放進觀景窗。

「先別打擾他們吧！」

「那我們也來玩個沙！」舒涵傻呼呼地笑著，將腳插進沙裡，緩緩地，開始用腳畫出線條。

黃昏時分，陽光的移動特別快，此時只剩半圓形的光球。風從夕陽處吹來，舒涵的頭髮也被海風撥亂。步履移動間，光偶爾將她的輪廓背成剪影，偶爾從髮絲間竄進，偶爾攀上她的側臉，清晰了她的笑容。

此時，在夕陽與這片不變的海之間，是我和舒涵；只要眼前的海不變，我就能記憶著與妳相處的美好身影。

人類的生命和大自然相比，渺小而脆弱，也因此我們每次對生命的奮力一搏，都顯得無比美麗；而愛情應該就是我們有限的生命裡，最能與無限大的大自然壽命相抗衡的事物吧。

　　有些愛，會永恆，會比這片海還廣闊，會比這片海還深。
　　夕陽終於隱沒在海平面之下，天空此時是愈往深處的藍；眼前的視線雖有些昏暗，卻還不需要照明，還能看清眼前人事物的輪廓，此刻光景最為迷幻。
　　舒涵停下動作。「猜猜我寫了什麼。」
　　而我沒多說，只是上前伸出雙手，環住她的腰，將身子放低，下巴靠在她的肩上。

　　「如果能一直這樣，就好了。」
　　我倆相擁，輕搖著身子。
　　「怎麼可能一直這樣，我們都幾歲了。」
　　「那該怎麼辦？」

　　「如果，人生是可以重來的，或是你可以預知未來，那你會回到過去改變決定嗎？或是過去的你，會改變決定嗎？」這是招牌的、喜歡問問題的舒涵。

「我不喜歡假設性的問題，因為即使討論出了答案，也無法改變什麼。」我將她抱得更緊。「但我知道我這輩子唯一可以驕傲的事情，就是不做後悔的事。」

「所以這個問題也沒有回答的必要。」

夜幕從遠方蓋上天空，在這片尚未完全變暗的黑裡，相擁的彼此就像邀遊在宇宙。

「但我還是希望我們可以一直這樣。」

「我們都會老去，都會成為宇宙萬物循環裡，自然的一部分。」

舒涵緩緩將我的手移開，轉過身，看著我。

「可是那並不代表，我們無法一直這樣相擁。」

「該怎麼做？」

215

5　如日暮深遠

「我們答應彼此，即使有人先走，留下來的人，也永遠不要忘記現在這個畫面。」

「留下來的人，會很痛苦。」

「可是比起痛苦，我更不希望回憶被遺忘；所以即使記得，會很痛苦，我也要記住。」

「只要記得，我們就會一直存在，我們就能一直像今天這樣，相擁。」

「所以妳記性才這麼好。」我用手指輕戳了一下舒涵的額角。

「當然，因為我有好多美好的事情要記得，這樣我的人生就沒有白走，而你的離開就也不會是真的離開。」

「等等，我有個辦法。」我緩緩放開舒涵。「妳先站在這裡，不要動。」

然後我走向女兒，將手裡的相機交給她。

接著走回舒涵身旁。「讓女兒幫我們拍下這一刻吧。」

照片能保留當下的記憶。在未來的時空，或許我們以為有些事情已經淡忘，照片就能在此時充當時光機，乘載未來的我們回到過去。

背景的海已與初上的夜融為一片，只剩一點點微弱的白色浪花。

我用左手摟住舒涵，讓她貼近我肩膀；她的嘴角洋溢著笑容，而我的頭髮早被海風吹翹了大半。

　　快門的時間再慢也就一秒，卻能在無時無刻都有幾億秒奔騰流失的世界，鎖住片刻瞬間。

　　此刻，我們的笑容悠長而美好。

　　閃光燈一瞬亮起，眼前閃過一道白光。

回憶

如果大家都忘記關於妳的回憶，我想
妳才算真正地離去吧。
因此，就算要痛苦地記著，或是承受
莫大的心痛，我也願意堅強地面對。

殯儀館的傍晚很安靜，非常安靜。這股安靜或許來自於壓抑。儘管這裡的人都努力帶著笑容，可是心裡卻清楚知道，大家都是難過的。這股壓抑，讓空氣沉默得很過分。

夕陽將身邊的建築物都畫上陰影，隔壁的人家正收拾東西。我轉身看著靈堂裡妳的照片，和回憶裡的不太一樣：回憶裡的妳比較真實，喜歡大笑，笑的時候會把頭仰起，沒有遺照那樣正經；回憶裡的妳不喜歡化妝，但遺照裡的妳還被修上了淡淡的頰彩和口紅。

除非是特殊或臨時狀況，否則晚上的殯儀館幾乎沒人，於是一到傍晚，所有人都開始收拾；但明明要離開了，人們還是會頻頻回頭，想再多看一眼靈堂內那張照片裡的人。回頭其實也就是一種回憶，人們的眼神裡，訴說著無數的故

事篇章。

　　而我看著妳的照片，眼角還是不爭氣地泛淚，不是奔騰外放的悲傷，而是一種平靜的難過。從妳離開到現在，已過了七天；這七天，我所做的其實只是學習接受這件事。那種撕心裂肺的哭嚎並沒有發生在我身上，然而淚水還是會像這樣不由自主地流下。我想這是屬於我的思念方式，和電視裡演的並不相同。

　　想著妳和我的回憶，想著想著。
　　淚水像是映著回憶的底片，每翻過一個回憶，便流下一滴淚。

　　事情發生在午後。太陽剛過頭頂，午後的街弄通常是安靜的，或是街坊鄰居還在午睡，或是通勤族還未下班回到街上，耳邊只有電風扇的聲音，日子平淡得像是生活裡的每一天。
　　我剛洗完澡，吹著頭髮，想著等會去醫院要帶什麼食物過去。吹風機的吵雜聲讓我錯過第一通電話，後來再接起電話時，我知道自己再也不用帶食物去醫院了。

　　還來不及哭，便有許多繁複的手續，以及不斷接電話和掛電話的連絡等著，這些流程都像是岸邊消防隊員拋來、讓溺水的人們得以抓握

的繩索，按照流程和步驟一步一步來，才不至於馬上掉入悲傷的深淵。

好不容易才在殯儀館找到位置，找來師父安置靈堂，回到家已是深夜。

依著時序明訂好下一件事情要進行的流程後，夜晚的沉靜襲來。我看著熟悉的床鋪，忽然才意識到妳不會再出現了。即使前些日子妳還躺在醫院裡，我也做過無數次心理準備，但至少生活還有個重心，能到醫院照顧妳，期待醫生的好消息。

可是如今這一切都沒有了，安靜的空間裡，事實殘酷而張狂。

忘了第一夜是如何睡去的，第二天趕到殯儀館，處理接下來要做的事，入殮，誦經。忽然我才明瞭，這些儀式並非迷信，而是想給在世的人一個緩衝，一個面對所愛之人離去事實的緩衝。

當大家跟著師父一起念誦著對離去者的話，那種感覺就像我們尚未分離；此時此刻，即使不相信宗教的人，只要他仍想相信自己並未失去，一時之間還是會承認靈體的存在吧。

葬儀社的連絡人成為在場所有人的情緒依靠。聽著他說明接下來的

行程，至少還知道自己每天要做什麼。聽到他說要好好照顧自己，才能好好送妳最後一程時，我擦了擦眼角。

這是我所能為妳做的，最後一件事。

家族的親人在靈堂摺著紙蓮花和金元寶，開始聊起關於妳和大家的回憶。每個人記得的事都不一樣，而當我們說著這些過往的時候，即便只是聊天，只要把往事形容得越鮮明，妳似乎就會離我們更近一點，更近一點，宛如妳不曾離開。

可是，還是來到要送妳最後一程的那天。
是個豔陽高照的日子，身旁的人都說今天要笑著送妳離開，一些許久不見的親友也都來到，有些人拍拍我的肩加油打氣，而我笑著說沒事。

笑著。笑著說要送妳離開，畢竟妳說過，哭的人最醜。我任性地在靈堂裡播放了妳最愛的歌，有些親友不太能理解，說要誦經，妳才能好好地去天堂。
但我知道，一直聽佛經，妳一定早就聽得很無聊，不如來點妳喜歡的抒情搖滾。今天我們要笑著走完最後一程，聽著妳常在房間裡播的

歌，大家也安靜下來了，伴著音樂，好像妳也坐在這裡。

儀式開始前，大家一片靜默，每個人都用自己的方式和回憶，陪妳走上最後一段路。

我記得妳在海邊望著大海，臉上閃耀興奮的神情。妳說海很寬闊，蔚藍色彩讓人心曠神怡，所以妳很喜歡。如今妳也能飛翔在大海之上，那片海，那片自由，很美麗吧？

儀式開始，葬儀社的工作人員以專業讓告別式進行得很順利。我站在花壇前，看著妳的遺照；還是很不習慣妳這個裝扮呢。牆上的螢幕正播放著妳生前的回憶照片，司儀帶著哭腔的語調，弄哭了現場的親友，但我想這也是為了讓大家有機會宣洩情緒吧。

我沒有哭，看著這一切，反覺欣慰；至少來的人不算少，至少妳沒有被遺忘，大家都來回憶妳。

儀式來到尾聲，大家排成隊伍，就要把妳送到火葬場。關係較遠的親友已經離開，只剩下要陪伴妳最後一程的人們。現代化的火葬場、專業的設備，讓一切看起來就像理應會發生的程序：在這裡報到，到那裡領取，而我最後看著妳，只剩下白骨。

這是人，最後剩下的模樣嗎？

最後就剩下這些嗎？那幾十年的生命又算什麼？

終於把妳安置好在新家，這裡有不錯的風景。妳喜歡太陽，這裡剛好可以照到陽光。

謝過師父後，親友們也各自打道回府。

我也回到了家。

「我回來了，好熱，可以幫我拿杯水……」我站在門口說，視線朝著習慣的方向看去，話卻沒有說完──沒辦法說完。幾十年來的習慣，習慣妳會坐在那個位置，下意識地以為妳還在。

我恍神了，忽然不知道怎麼面對幾十年來的習慣消失。屋子並不大，但我卻像掉入無限大的空洞中。此刻，妳離開後的所有的行程和程序都結束了，我像是溺水的人，手鬆開繩子，隨著浪流，被沖到悲傷的深淵。

我躺在床上，打開手機，在影音串流上點選喜劇，看著一部又一部好笑的短片，影像畫面映進眼裡，在臉上打著毫無生氣的光，我將知覺和意識全都丟進眼前數位訊號帶來的畫面。短片播完後，我開始下

載遊戲，就這樣重複好幾天，好幾個睡不好的夜。

　　為了讓生活回到正軌，我把行程填滿，於是似乎又像抓住繩子的溺水者，明天找朋友聊天、後天搭捷運去美術館看展覽、大後天開車去爬山……就這樣，把每一天都塞滿，直到我漸漸能在正常時間入睡，直到重新開始「正常生活」。

　　一年過去。
　　某個週末，我用電腦找資料，卻無意間發現硬碟裡的相簿。點開檔案，從落地窗爬上桌角的夕陽在電腦後頭印上陰影，眼前的回憶則因陰影而鮮明。

　　　　　　　　　　　　　　　　　　　　　　　5　如日暮深遠

那是好久不見的妳，在晴空萬里的藍天和寬闊的大海前，大笑著仰起頭。

　　這一年來，我用忘記回憶這件事情，努力過正常的生活。

　　少了回憶，日子輕鬆許多。

　　我想起喪禮那天，大家聊著關於妳的回憶，那時候的妳似乎仍活在我們身邊。

　　忽然我痛哭起來。當我放下回憶、過著輕鬆的日子時，也親手將妳給謀殺。

　　那一刻起，才是妳真正的死亡。

　　我點了下一張照片，是幫妳慶生的畫面。昏暗的背景下，微弱的燭光映著妳的側臉，身旁還有其他親友，大家都笑得很開心。我記得那一年，是因為妳許下的願望太直白：想要一部最新的手機。

　　此時，我放聲哭了出來，想起那些日常，那些細微卻真實的回憶。

　　那是妳存在的證明啊。我點選一個又一個檔案。

　　妳拆封最新款手機時欣喜若狂的照片。

　　妳拿著手機手舞足蹈的畫面。

妳坐在餐廳，生氣餐點太晚送上的模樣。

妳在床上呼呼大睡的萌樣。

妳在森林裡奔跑的活潑。

妳在海裡浮潛的優雅。

妳在病床上做鬼臉的體貼。

如果我忘記妳了，如果我失去回憶了，妳才是真正的死去。

「對不起。」我對著螢幕，顫抖著肩膀說。

我鬆開握住繩子的手，任由悲傷將我沖向未知的方向。我閉上眼，讓回憶全都再次湧現，想起妳說過的每一句話、妳每一個神情的每一個細節。我的心好痛，好難過，好想妳，好想妳，好想妳。

我再也不要抓著維生的繩索，而要讓悲傷的河流，將我帶往充滿妳回憶的地方。

我不要忘記這些回憶，我要努力記住每一個細節，妳的鼾聲，妳衣服的味道。

不再逃避妳已離開的事實，因為當我還能說出這些回憶的時候，妳仍會活著。

我大口喘著氣，看著房間裡的寧靜。夕陽推移著眼前的影子。我的

呼吸逐漸平穩，淚水停止，奔騰的浪潮已經褪去，而在悲傷的外衣之下，是一股平靜。

這股平靜裡，有我最真實的感受，以及不再刺痛而能和平共處的回憶。

擁抱這些回憶，妳就在我身旁。

我打開電腦，開啟社群軟體，把剛剛的照片全都上傳。
並為這些照片寫下注解。

嘿，妳過得好嗎？
距離妳離開，已經過了一年。這一年，我說服自己，妳只是出遠門，告訴自己，不要再被妳的回憶打擾，要好好過日子。
今天整理電腦時，意外發現這些照片，我才被狠狠地提醒：妳不是出遠門，而是真正地離我遠去。

我哭了一陣子，然後讓所有回憶充斥腦海，我發現此時此刻，竟是我這一年來離妳最近的時候。
原來是我把妳給推開，妳並不想離去，是我太自私。

如果大家都忘記關於妳的回憶，我想那才是妳真正的離去吧。

因此，就算要痛苦地記著，或是承受莫大的心痛，我也願意堅強地面對。

擁抱這些回憶，擁抱妳曾存在的證明。

遺忘或許會輕鬆點，但我想因為愛妳而獲得的勇氣，足以讓我對抗這些痛楚。

這本相簿記錄著妳的回憶，比起喪禮那天陌生的遺照，這裡的妳更熟悉。

也希望看到這本相簿的親朋好友們，都能在這個午後，與我一起想念妳。

當我們都還記得妳，妳就不曾真正離去。

我關上電腦，走出房門。

與妳的幾十年回憶很長，我想，夠用餘生慢慢想念完。

夕陽掛在巷弄的尾端，也將影子拉得很長。

妳的身影彷彿在盡頭模糊，提著市場買來的菜和肉。妳說，傍晚大

特價最適合採購。

　一邊炫耀著買了我喜歡吃的豬肉，一邊凝視著我的眼神裡，有悠長的回憶在流轉。

　人與人之間的互動，會被記錄成事件，這些事件會成串堆積，最後形成回憶；回憶越長，情感就越深遠。我想我的上半輩子與妳累積的回憶足夠悠遠，足夠用來陪伴我的餘生，直至盡頭。

　來生，我會與妳再寫一次，新的回憶。

5 如日暮深遠

THE MOMENT

即使這一生都浪費

我想和妳坐在木棧道上，度過時間推移，看夕陽下山，看濕地的潮汐潮落，看時間在濕地的水面刻畫出一道又一道的波紋。我要和妳共度，直到夕陽下山。

　　身後的觀光客來來去去，在時間的維度上留下殘影；殘影看不清臉孔，只有大面積的模糊色塊，像水流來來去去。有人歡呼著跑下濕地，有人從濕地上岸離去，來來去去，都是時間流逝的痕跡。

　　而我要和妳坐在這裡。在人潮洶湧之時待在妳身旁。
　　在人潮散去之時，依舊不變。

　　於是這處天地只剩下我倆，沒有他人；妳的眼裡會有我，而我會再從妳的眼裡，看見我自己。
　　並肩坐在木棧道，看夕陽的角度由高到低，從金色濃豔成橘色。

　　太陽的軌跡，是時間的腳印；時間的腳印裡有光，光會照映在妳瞇著眼笑的眼角，眼角會有一絲魚尾紋。皺紋是時間最深刻的痕跡，而我要出現在妳時間刻度最深的當下。

　　時間帶來變化，人群來去、日升日落、潮起潮落、日光的變化，時間走過我倆身旁，卻走不進我倆之間。

我倆之間，此時此刻，只想和妳坐在木棧道，虛度時間推移。

什麼都不做，是此刻的最浪漫，是人類最珍貴的情感。
什麼都不做，還能相伴身旁，得要多溫柔的陪伴和舒適的相處。
遠方鳥兒飛過水面，掠起一絲漣漪，水紋依著同心圓向外擴散。水
痕很快就不見，激起的漣漪儘管在水面反射著波光粼粼，仍抵擋不了
時間帶來的消失。自然的法則無力抵抗，時間是一條單行道。

直到夕陽隱沒地平線，光線從圓形，變成畫在地平線的直線，最後
消失在地底。
我要和妳坐在木棧道，直到夕陽下山，黑夜悄然而至，和妳一起到
最後的終點。

天空染上神祕的黑藍色，在人群已散場的濕地，在人們都下臺的年
紀，妳還是不變、我還是不變。
我要與妳在時間的推移，走到最終點。

即使這一生都浪費，但與妳的不變，就是這一生的浪漫。

THE MOMENT ／即使這一生都浪費

THE MOMENT

無法代替的浪漫

陽光從前方的縫隙中鑽進來，妳瞇起眼，他的輪廓因為背光，隱隱透著金黃色。

　　他是朋友介紹的對象，那時候人家都說，女生年紀到了，就該嫁個好老公。
　　妳也不知道自己是不是愛他，便嫁了一個人家所說的「好男人」。

　　他曾對妳說要闖出一番大事業，做自己的頭家。
　　說這話的同時，妳看見他挺著胸，眼裡閃爍著光芒，從此他總是在妳前面，牽著妳走。

　　走了幾個春夏秋冬，他開了自己的店。
　　妳幫他算錢，他招呼客人。
　　雖然只是巷弄裡的一家機車行，但妳記得他因擦汗而抹上黑漬的臉，認真的神情和眼裡的光芒一如剛認識時的他。

　　一生就這樣和他走著，妳也不知道自己是不是愛他。
　　年輕人說的談戀愛好像也沒有，沒有情書，沒有曖昧。
　　但他總是不忘牽著妳的手，走在前方，說要帶妳去看什麼新奇的東西。

直到有一年，他叫妳收拾收拾行李。

　　他笑著說，現在流行蜜月旅行，以前他都沒帶你去玩，現在做黑手存了錢，一起去澎湖玩。

　　妳說蜜月旅行是剛結婚時去的，怎麼是現在，可是卻欣喜萬分。

　　即使在陌生的街頭，他仍是一樣，牽著妳的手，帶妳往前走。

　　明明不知道要走哪裡，他還是一如習慣地走在前面。

　　他說，自己闖完這世界，也要帶妳看世界。

　　但妳其實只是喜歡看他的背影，在世界冒險的樣子。

　　他的背影，就是妳的世界。

　　直到小孩出生。

　　電視從正方體，變成像是薄薄一張紙；

　　從沒有電話，到電話也變得像薄薄一張紙。

　　你們後來的時光都在這間小小的機車行打轉，不寬廣的視野，有點怨嘆的人生，卻也簡單得很幸福。

　　直到年紀大了，店面收起來。兒女在外打拚事業，偶爾會寄錢給妳。

　　那天女兒說，要來這家景觀咖啡館吃飯。

　　這家咖啡廳依著海邊，景色很像人家說的希臘。

用完餐後，你們準備離開，他還是一樣走在前方，卻不忘牽著妳。

就和去澎湖時一樣，後來兒女雖然也招待妳去日本玩，但妳還是喜歡澎湖。

妳這輩子沒跟其他男生談過戀愛，就這一個。

也不算談戀愛，就是結婚了。

或許也因此不知道什麼叫做戀愛，可是他都會走在前面，牽著妳向前走。

不過就算不知道什麼是談戀愛沒關係，「愛妳」這句話也很少說出口，妳卻已經習慣走在他後方。

會牽起妳的手。

他的手因為修車的緣故，有很多繭，握起來粗粗的，但妳很喜歡，很踏實。

他開店，妳算錢，沒什麼很浪漫的事情，不管求婚還是戒指都很簡單。

可是最浪漫的，便是他在妳前方，帶著妳走了一輩子。

這是再多花束和貴重的戒指，都無法代替的浪漫。

用一輩子累積而來的生命重量，在彼此的婚姻之中。

終幕

凌晨四點三十分，周圍的白牆反射著冰冷的人造燈光，尖銳刺耳的維生機器音效傳入耳裡。

我躺在床上，感覺到身旁的人來來去去，外罩白袍的男子皺眉看著我，穿著白色工作服的女子則在一旁待命。

「嗶——嗶——嗶——」，機器的高頻音響持續在耳際響起，接著，化為隆隆的耳鳴，不再尖銳。我也看不太清楚白袍男子的動作，眼裡只見彷彿變成慢動作般的殘影。

這，是終點了吧。

雖是可以預料的時刻，但對身旁的人們來說似乎不是。第一個衝進門的是女兒，後面跟著小孫子，接著幾位下棋的好友也出現。

我的眼皮沉重，這看盡一生的眼眸，終於要撐不住生命的重量；半掩的視線中，女兒悲傷的神情映入眼簾，眼眶裡打轉的淚滴還是惹人疼愛。我努力撐住眼皮，撐住生命的重量，這是餘生最後的時刻，是我想再好好看一眼的最後光景。

我努力抬起手，想一如這幾十年的日常，摸摸女兒的頭，安撫她，

要她別害怕。

　　可手卻沉得很，過了好幾秒，終於抬起，正當要碰上女兒的髮尾，看見雙手已布滿皺紋，密密麻麻交織成一段又一段歲月的痕跡，那條被稱為生命線的掌紋，如今早已變成複雜的網狀。
　　交織成生命的形狀。我就說嘛，生命怎麼會只是一條直線就能說完的呢？

　　恍惚之間，眼前的白牆突然崩塌，向後延伸變形成南部小學的穿堂。眼前的小男孩有著和我一樣英挺的鼻子，正趴在地上寫著生字簿，鉛筆盒裡散落的是熟悉的怪獸卡，正是我自己想像做出來的戰鬥卡片。

　　那是我。

　　等著媽媽接送的傍晚時刻，夕陽將我的影子拉得長長的，生字本正好要練習寫「愛」這個字。
　　那時候，認識世界的方式便是課本，但課本並沒有教會我們什麼是愛，沒有教會我們認識人生裡各式各樣的情感。
　　只覺得這個字的筆畫很多，很難記。

「愛」這個字，是我後來用一生才學會的字。

身旁有些孩童嬉鬧著奔跑過去，笑聲將我帶進國中叛逆時期的回憶，在校門口打架的喧譁聲正挑戰著世界。血氣方剛的年紀，以為光憑自己的力量就能征服一切，在大人眼裡看來固然可笑，但多年後回首，卻又顯得稚氣，也顯得可愛，而這股稚氣中還有十足的勇氣。或許從某種意義上來說，那時候的自己，真的征服了世界吧。

叛逆期傷透父母的心，好險後來考上前幾志願的男校，他們才終於能放下我的年少輕狂。當時的我以為成績就是成就，於是理所當然地接受父母的安排，在補習班拚搏著所謂的成就。

就讀男校的我，只有在補習班才有辦法看見除了老師之外的女同學。後來考上中部的大學，什麼事情都是第一次，包括離家生活；除了帶著一點探索世界的期待，也帶著一點未知帶來的新鮮感。

那段日子裡，我第一次感受到愛一個人的感覺。
通識課的早晨，陽光透過窗框灑出正方形的光影；窗戶未關，七、八月的盛夏才剛過去，九月的早晨已能感覺到一些涼爽。微風吹動教室裡的綠色窗簾，那是我一生無法忘記的畫面。

綠色窗簾隨著風舞動，女孩依著靠牆的位置，偶爾窗簾垂了下來，我才能看見她的側臉，在心底烙印成一生的畫面。她的馬尾是淺咖啡色的，跟同學講話時，臉上的笑容會讓她連雙眼都瞇了起來；個子不高的她常常把腳伸得直直的，頂著桌腳，小小的紅色水壺上印著嘴唇的圖樣。

　　耳際傳來尖銳的的機器警示聲。我回過神，手卻還舉在空中彷彿定格。醫生要求女兒往旁邊站，正慌亂地檢查，而我的手還未摸到女兒的頭。

　　七十年後的我，還是能清楚地記得綠色窗簾旁的女孩，每個細節、每幀畫面都立體而鮮明。不知道她現在過得如何？
　　我用了七十年的歲月證明，愛是深刻的情感，心臟還能在此刻劇烈地跳動，讓身旁維生儀器的音效激烈地交響著。

　　於是，人生第一次學會愛人、第一次站上「愛」這趟旅程的起點，畫面才能如此清晰。

　　可人生是一連串的日子前行，回憶雖然將畫面定格住，卻無法阻止洪流般的歲月流逝。

大學畢業，我離開就學的城市，來到離家更遠的北方。這裡的人們走路很快，怎知道我的人生也像按下複製鍵似的，每天都像複製貼上一樣枯燥，也幾乎都裝扮成和他人相同的西裝造型，在摩登大廈間奔走。

　　奔走的過程中，女孩漸漸被我拋在腦後。只依稀記得，那個夏夜的巷弄裡，我和女孩坐在便利商店旁的路燈下，故事沒有老套地下起雨，我卻在彼此的眼裡看見一場悲傷的傾盆，不停落下。

　　北部的這座城市，除了承載離家的距離，也承載了與女孩分離的悲傷。每次回家，我都只能坐著夜車，看著高速公路的路燈向後退，忽明忽滅，消失在身後的夜裡。父母在三百公里之外等候著，此時此刻的回家，是我第二次學會何謂愛。

　　愛會讓我們放棄自由這崇高的理想，甘願陪伴。

　　我只能更病態似地擁抱工作，讓事業代替生活，取代曾經燦爛的美好歲月。
　　直到，生命的進程來到這一刻。

那是一個早就已經麻痺而平常的上班日，人資小姐一一介紹新進同仁。在前一個部門打過招呼後，妳慢慢走進，慢慢走進，走進我往後五十年的歲月。

　　我遞上名片，妳對我說了第一句話：「你好，我是舒涵。」

　　這是成人式的相遇，帶著成熟的互動，卻又讓停止跳動的心臟重新感受悸動；這股悸動讓我在早已經成熟的年紀裡重新擁抱青春。
　　而這篇用一生寫盡的愛情故事，以那晚的星空揭開序幕，用滿布著星光的浪漫做為開場。

　　三千公尺高的合歡山上，空氣稀薄又冷冽，和同事們約好的登山行，竟幸運地遇上流星雨。我在妳的眼眸裡看見倒映著的星空，裝滿世界，直到妳轉過頭看著我，我的眼裡便裝滿了全世界和妳。
　　妳是此時落在地上的一顆星，我眼角終於釋放的淚在沒有燈光的高山裡，畫出流星的弧度。

　　黑夜是看不清前方的時刻，於是充滿著神祕氛圍，包裹在心底深處。遠方的星空鋪天蓋地，亮起一片靜謐的光，匯集成河流，讓宇宙裡那些祕而不宣的情感得以湧現，我感受到生命裡第三次的愛。

終幕

我的生命終於再度啟程，不再只是複製貼上的空洞。

　　白色的醫院裡，女兒不顧護理師的阻止，衝上前，將她的頭湊向我停在空中的手。
　　緩緩摸著她的髮流，緩緩地，我已無法言語，可我想女兒一定能感受到吧，我的愛。

　　後來，我和舒涵擁有一位女兒，在屬於自己的家裡，將女兒養育成人，直到她出國工作。我們喜歡在海邊散步，看著夕彩在天空燦爛，看著時間從日暮漸漸回歸於黑色的夜。平靜的空氣裡，即使已相愛三十二年，我們對彼此的感情卻仍如身旁的海浪滾滾。妳的白髮蒼蒼，是歲月替我倆塗抹的顏色。

　　女兒的淚水停不下來，臉頰上的淚痕令人心碎。我努力想揚起嘴角，想用笑容讓她放心。這是我人生第四次學會的愛。
　　這樣的愛，女兒一定能感受到，多希望她別為我難過，因為這一刻我已等待許久。

　　從七十八歲那年，一生的摯愛離開我的那一天起，便已等待許久。
　　我感受到靈魂剝落的重量，那是看著共度大半輩子的妳明明被送入

高溫燃燒的火葬場，卻早已沒有溫度的感受。

　妳離開的前三年，我常常在公園裡看著秋天的落葉、感受冬天的寒風，卻好像已經遺忘春天的盎然和夏日的奔放，失去了對生命的感知，遺忘了回憶的美好。

直到有一天，我在家裡翻到與妳相擁在海灘的照片，想起那天答應過彼此，即使痛苦，也不要遺忘對方的承諾。

　　於是每年十一月的第四天，我會前往海灘，搭上帳篷，看著一整日大海和天色的變化，從日正當空的晴朗無雲，到傍晚夕彩斑斕，直到夜幕降臨，最後黎明再來。看著海，為了不忘記與妳相擁的感覺。
　　就這樣看了六年。

　　妳離開的這九年間，女兒偶爾會來看我，我卻始終等著這一刻來臨。拄著拐杖，餘生都在尋找妳的身影，我知道我就要找到妳了。
　　八十七歲那年，我突然倒下。救護車的聲音喚醒我，睜開眼，便是眼前雪白又冰冷的病房。我在醫院裡度過八十八歲生日，還記得那天，女兒、孫子、公園裡的老友都到了，女兒還抱著我說要長命百歲。

　　但女兒妳知道嗎？我想好好跟妳說聲對不起，因為這是第一次身為爸爸的我，無法答應妳的請求。
　　因為我知道，我就要回到一生的摯愛身旁了。

　　清晨六點三十分，醫院窗外的朝陽已在地平線上探頭。黑夜結束，

黎明到來，灑落在大地的光芒氣勢萬千，充滿朝氣的金黃色光線塗抹在城市的每處縫隙，照亮了每個曾經黑暗的角落。

我的眼皮終於要撐不起生命的重量，手裡撫摸著我和自己用生命去愛的人所共同擁有、在這個世界上曾相愛過的證明。

我拚命撐開眼皮，記住最後一個轉瞬的畫面，看著我的愛——我的女兒。

我願意坦然面對自己生命的逝去。女兒，只要妳不忘記我，我就不會真的消逝。

我會在妳的記憶裡，繼續愛妳，給予妳面對未來人生難關的勇氣。

此時，生命的終點終於要帶著我回到摯愛身旁。我的指尖感覺到女兒的髮絲，再到髮尾，眼淚滴在我的手上，一滴兩滴三滴四……好像已經感受不到眼淚滴在手上……

我緩緩起身，看著灑進病室的陽光，金黃色的光束召喚著我步上生命的旅程。當我走向終點，在那裡等我的，是我這一生的起點。

床邊站滿人們，小學時一起嬉鬧的同學，國中時一起對抗世界的朋友，工作時熟悉的同事。

大學時的那位女孩也在其中，我上前和她相擁，說了聲「謝謝」，謝謝妳教會我人生的第一段愛。

　　讓我能遇見一生所愛的人。

　　黎明的朝陽溫和且舒適，像是溫暖的擁抱，包裹我的身軀。

　　「我才不在你身邊一下下，你就在和前女友偷偷幹嘛呀？」

　　我心頭一震，轉頭看看身後，是喜歡帶著問題出現的舒涵。

　　明明不只一下下。為了等這一頃刻，我已花了多少歲月和春夏秋冬，終於、終於……眼淚已無法停下，嘴角卻勾勒出幸福的弧度。

　　我在一片迷濛的視線裡，看見妳緩緩朝我走近，有如慢動作般，一步又一步。我細數著這半輩子的一切，而我的一生終於又要回到我身旁。

　　我們都還是記憶裡那年美好的模樣，目光炯炯；而妳的雙眼仍如當時倒映了整片星空般美麗。不知道我是否還和從前一樣讓妳喜愛？

　　但當妳的擁抱包覆著我，剛剛的疑惑都如窗外撥開烏雲的晨光。妳如數十年來一般溫柔，我吻上妳，兩人交纏著。被時間證明、考驗的

愛，累積了足夠的厚度，足夠的情感，都只為在終點的這一刻，傾洩而出。

時間帶我們走過許多日子，許多場景：合歡山的星空、跨年夜的煙花、瘟疫下的螢幕、海邊的夕彩。但唯有當我們累積足夠的時間，並在這條時間軸上猛然回首，看看來時路，那些在時間流逝的當下不易察覺的情感才能變得明朗，才能被因時光堆積而滿溢的情感給撼動。

我等了妳好久，十年，三六五〇個日子。我努力記得妳的一切，讓記憶成為妳繼續存在的證明，讓回憶陪伴我度過每一天。而每天都是一場找尋，找尋妳的身影，此時此刻，我終於再度找到。

這一生的愛，走過青澀朝陽、熱烈正午、和煦午後、悠遠夕陽、深沉黑夜，終於又在生命的終點，來到黎明。一生的愛，恍若一日時光流轉。

在生命的終點，我終於回到讓自己用盡一生去學會愛的人身旁。所有的背景都不見，而我和妳在空中飛翔，身影隱沒在光裡。

國家圖書館出版品預行編目資料

一日如一生的愛／ Charles 文‧攝影 -- 初版 -- 臺北市：究竟，2021.08，
　　256 面；14.8×20.8 公分 --（第一本：106）

　　ISBN 978-986-137-331-7（平裝）

863.55　　　　　　　　　　　　　　　　　　　　110009751

www.booklife.com.tw　　　　　　　　　reader@mail.eurasian.com.tw

 第一本　106

一日如一生的愛

作　　者／Charles
發 行 人／簡志忠
出 版 者／究竟出版社股份有限公司
地　　址／臺北市南京東路四段50號6樓之1
電　　話／（02）2579-6600‧2579-8800‧2570-3939
傳　　真／（02）2579-0338‧2577-3220‧2570-3636
總 編 輯／陳秋月
副總編輯／賴良珠
專案企畫／沈蕙婷
責任編輯／林雅萩
校　　對／陳冠翔‧林雅萩‧林婉君
美術編輯／蔡惠如
行銷企畫／朱智琳‧陳禹伶
印務統籌／劉鳳剛‧高榮祥
監　　印／高榮祥
排　　版／莊寶鈴
經 銷 商／叩應股份有限公司
郵撥帳號／18707239
法律顧問／圓神出版事業機構法律顧問　蕭雄淋律師
印　　刷／龍岡數位文化股份有限公司
2021年8月　初版

定價 370 元　　　　ISBN 978-986-137-331-7　　　版權所有‧翻印必究
◎本書如有缺頁、破損、裝訂錯誤，請寄回本公司調換　　Printed in Taiwan